U0115425

新加坡华文教研中心华文教学研究丛书

# 现代文学及其教学

主编　陈志锐博士

# 目次

# 序／新加坡华文作为第二语言环境中的文学教学

## 一　新加坡社会语境的转变

　　一九六五年独立的新加坡于独立翌年即推行英文为第一语文，母语为第二语文的双语教育，开启了五十年来的双语长征。时至今日，在多元语言和多元文化的新加坡，英文英语成为政治、经济、社会的强势语言是毋庸置疑的了。有鉴于新加坡教学语言环境所经历的大变革，自一九九二年到二○一二年的二十年间，新加坡总共经历了四次政治意味深远的华文教学改革（其中两次改革还是由副总理亲自领导）[1]，以配合快速改变的家庭社会语言背景和学生群体。

　　根据二○一○年新加坡的《乐学善用》华文教学改革报告书，在华族小一学生的家庭用语调查里头，家庭主要使用英语、主要使用华语，以及华英语皆用的学生比例各为三分

---

[1]　一九九二年由时任副总理的王鼎昌领导华文教学检讨委员会，一九九九年由当时的副总理李显龙领导，二○○四年的委员会主席是当时的提学司黄庆新，二○一○年是现任的提学司何品带领。

之一左右[2]。面对这三类家庭语言背景迥异的学生，新加坡的华文教育都作出了相应的巨大调整，其中一个最大的改变是课程、教材、教学法与测试方式逐渐向二语的模式靠拢。大部分的华文学者、教育工作者、社会语言学家、教育和语言政策的制定机构等，也都肯定了新加坡正朝向一个华文作为第二语言的社会与教学语境快速前进。

在新加坡华文作为第二语言的教学模式中，口语技能、交际互动和真实性语料（authentic materials）得到更大的关注和更多的教学资源与课时。在二〇一〇年以后出版的部编教材，包括小学课本中的"听听说说"、中学课本中的"说话例子"、"技能学堂：说话"、"听说天地"等，明显地增加了听说互动或口语交际的成分，而阅读篇章也包含更多的真实语料、报章报道（如本地新闻）等。当然，在有限的课时里头，文学文本的阅读也就相应地占据较少的比重了，而华文教材中的文学文本也大幅度减少。在二语的大环境底下，学生、家长，甚至一些老师会把文学看成另外一门高级华文的学科，是极其艰涩、高深的阳春白雪或风花雪月，对本地强调"善用"的实用型语文学习来说是不合时宜的。

然而，事实果真如此吗？文学和语言互动是否无法兼容？

2　新加坡教育部：《乐学善用——2010 母语检讨委员会报告书》（新加坡：新加坡教育部，2011 年）。

## 二　文学的听说读写

的确，文学语言不同于科学语言，它不是一对一的准确表达，而是多种可能的解释和描述；它既没有单一的标准答案，也没有所谓的满分。然而，实际生活中的语言交际和应用，其实也是如此：既有多种可能的描述方式，也没有单一的标准答案。所以才有文学即是人学的说法。

同时，身为华文教育工作者或研究者的我们也可以反躬自省，自问到底我们自己最早接触的华文内容以及最感兴趣的华文领域为何？毋庸置疑，华文故事必定名列前茅——我们最早的华文诱因几乎毫无意外的包括童书、绘本、故事书、漫画，还有后来的各种文体，包括小说、散文、诗歌、戏剧等。而故事，其实就属于文学的范畴。

既然华文工作者和对华文最有感情的一群人的兴趣都始于文学，华文之"乐"也都与文学相关，那文学是不是应该更多地在我们的教学中出现，成为"乐学"的重要组成部分？即便过去的新加坡更接近华文作为第一语言的学习环境，即便目前的第二语言的学生确实在文学的欣赏与理解上有一定的困难，过去教材中较常见的华文文学不能也不该在第二语言教材和课堂中缺席。

文学不仅仅是适合阅读、分析而已，其实也可以通过听、说、读、写和互动的方式在第二语言课堂中进入文学文本的领域。读写文学作品我们比较熟悉，但是通过听和说的方式接近文学作品也何尝不可。例如，"听文学"就可以让学生通过广播剧、去画面的电视与电影、有声书、学生和教师的朗读等来接触文学文本。"说文学"的方式可以包括让学生以口头进行故事接龙、描述灵感、合作叙述微型小说，或者就是各人说出自己改编的故事结局等活动。

## 三　小结：让文学在二语环境中扮演更大的角色

　　"要如何让我们的二语学生接触文学？"

　　这是多年前于高中担任华文副修科主任的我，在为最弱的学生设计教材的时候经常扪心自问的。本书可以说是当时自问自答的一个延续，不同的是，本书显示了其实也有许多新加坡华文教研中心的同道对这个问题也进行了深入思索，也提出了行之有效的策略。

　　本书收录的论述文章主要分为二部分：辑一为"现代文学素养篇"，主要从理论层面探讨现代华文文学的范畴、特色，以及各地的华文文学之特别课题等；辑二为"现代文学教学篇"，主要介绍现代华文文学在华文教学上的意义、现代文学的课程框架和理论，以及展示行之有效的现代文学教学方法和途径，例如现代文学教学中的电影应用、戏剧应用等。

　　本书的作者多是教学经验丰富的华文教育学者和文学研究者，也全都参与过新加坡或其他地区的华文教学研究，对现代华文文学以及现代文学教学有深刻的认识，同时也能够根据实际课堂的情况与限制，提出因时制宜的文学教学策略，故收录的文章极具参考价值。希望本书可以作为一抛砖引玉的开始，更期望各种类型的文学和文学教学法能够在二语环境中得到更多的认可并扮演更积极的角色。

陈志锐

于新加坡锦茂路洞天阁

2012 年 12 月

辑一

# 现代文学素养篇

# 从三篇新加坡华文文学作品窥见新华文学双文化原乡的构建

陈志锐

## 提 要

相较于中港台澳马等场域产出的中文文学，新加坡华文文学中的原乡图像其实是更游移不定且模糊抽象的。在新加坡的国家结构与意识日趋稳定后，原乡更明显成为文化和语言的想象，而在双语和双文化的新华社群中，此原乡的构建不仅是文化中国与文化西方的相加，更是此双文化的沟通交融、合作相乘，甚至是相克消长、互轧断绝。这篇论文尝试通过英培安、希尼尔、黄孟文等三位新加坡华文作家的各一篇作品，探讨新华文学中双文化原乡构建的端倪：在双语书写、符码表征、时空转移、背景视角等方面，都已经透露出独特的新华文学的双文化特色。

关键词：新华文学、原乡书写、双文化、英培安、希尼尔、黄孟文

# 一 前言：对新华文学的元认知

新加坡华文文学（简称新华文学）的滥觞在许多文学史式的论述中，[1] 都是政治性、历史性多于文学性的：即新华文学是迟至一九六五年新加坡脱离英国殖民与马来西亚，成为独立国才发端的。许多学者的论述，例如上世纪一九八〇年代柏杨的《新加坡共和国华文文学选集》[2]，或者一九九〇年代赖世和的〈"新华文学"三十年〉，[3] 以及二〇〇〇年以后周宁的〈侨民文学、马华文学、新华文学——试论新加坡华文文学发展的三个阶段〉，大都秉持了以新加坡共和国的独立日作为新华文学的历史起点，因为根本上"没有理由拒绝一个国家拥有它自己的文学。"[4] 当然，这是言之凿凿的理由，然而实际上并非在国家独立之后就自然/自动有了国家的文学。有关新华文学的创立，也有其他更全面的界定和多角度的分析，如黄孟文和徐迺翔主编的《新加坡华文文学史初稿》就主张"新加坡的华文文学萌芽于一九一九年。

---

1　根据黄孟文指出，"新加坡华文文学"一名谓，首次使用于一九七〇年出版，孟毅主编的《新加坡华文文学作品选集》。见黄孟文：《新华文学·世华文学：评论与史料选辑》（新加坡：云南园雅舍，2008 年），页 15-16。

2　柏杨编：《新加坡共和国华文文学选集·总序》（台北：时报文化，1982 年）。

3　赖世和：〈"新华文学"三十年〉，《新东方》1998 年第 5 期（1998 年 9 月）。

4　周宁：〈侨民文学、马华文学、新华文学——试论新加坡华文文学发展的三个阶段〉，《文艺理论与批评》2001 第 1 期（2001 年 1 月），页 114。

它的创立和中国的"五四"新文学运动紧密联系",也"和华文报刊有着密切的联系"。[5]朱崇科就概括性地指出了："新华文学史的书写并非"得来全不费功夫","为新华文学定位也并非轻而易举的事情。"[6]

本文的初衷不是为了代新华文学正名,甚或为新华文学的萌芽与发展梳理历史脉络,而是希望回归到更"文学性"的本源,从文学的角度深入思索新华文学之所以成为新华文学的母题/元认知。长期以来,新华文学作家以及评论家的文本群(oeuvre)始终显现着,或尝试隐藏着一种布鲁姆式的"影响的焦虑"(the anxiety of influence):[7]在中港台、甚至马华文学的巨大背景(影)下,新华文学是否有其独辟蹊径的特色?新华创作能否发出即使强度有别,却自成一格的文学亮光?更根本的问题是,难道新华文学的原乡就只(能)是中港台?

5 黄孟文、徐迺翔主编:《新加坡华文文学史初稿》(新加坡:新加坡国立大学中文系、八方文化企业公司,2002 年),页 3。

6 朱崇科:〈书写策略:尴尬与超越之间的游走——以《新加坡华文文学史初稿》为中心论新华文学的定位〉,《本土性的纠葛——边缘放逐·"南洋"虚构·本土迷思》(台北:唐山出版社,2004 年),页 64。

7 见 Bloom, Harold, *The Anxiety of Influence: A Theory of Poetry*, New York: Oxford University Press, 1973。在文学的范畴内,布鲁姆"影响的焦虑"概念基本上提出后来者急于走出前人/他人遗产的阴影,焦虑地想摒弃前驱影响,独创个人的经典。

## 二　探寻双文化原乡

　　有关新华文学的特色，有许多学者也曾经剖析、归纳，例如黄孟文提出新加坡文学的"特点不在于它的形式，而在于它的内涵，在于它具有新加坡人的思想情感，具有新加坡人的意识。"，[8]至于新加坡人的思想情感和意识与他国有何异同，可惜却未进一步深入阐述。又如《新加坡华文文学史初稿》，[9]以及朱崇科的《考古文学"南洋"——新马华文文学与本土性》所提出的新华文学"本土性"的确立，[10]以及南洋/热带雨林的突显（包括热带生活情调、地方色彩）、"后殖民"的写作等，都尝试从语言、形式、风格等各方面诠释专属于新华文学的独特性。本文仅着力于一个较少被关注的文化特色来切入此新华文学的母题：此文化特色指涉的却不仅仅局限于一般的南洋的风土民情、在地的衣食住行等文字表层的描述和记载，而是更深层的文学中的原乡。

　　与中港台澳，甚至还包括马来西亚等场域所产出的中文

---

8　黄孟文：《新华文学·世华文学：评论与史料选辑》（新加坡：云南园雅舍，2008 年），页 50。

9　黄孟文、徐迺翔主编：《新加坡华文文学史初稿》（新加坡：新加坡国立大学中文系、八方文化企业公司，2002 年），页 100。

10　朱崇科：《考古文学"南洋"——新马华文文学与本土性》（上海：上海三联书店，2008 年）。

文学相比较，新华文学中的原乡其实是更游移不定且模糊抽象的。[11]原乡想象不仅仅是巨大（无论是地理上或心理上）的祖籍地中国以及无远弗届的中国文化与方块文字，更不停留在所在地新加坡对东方传统文化"礼失求诸野"式的保留和在地化的演绎。新加坡的文学原乡还包括了：在新加坡脱离英国殖民地而独立，国家结构与意识日趋稳定后，东西方文化、语言、形态等的共同施力塑造、无形影响，甚至不经意的边缘化（marginalized），成就了更明显的新华文学中的文化和语言的想象。而在双语（bilingual）和双文化（bicultural）的新华社群中，此原乡的构建不仅是文化中国与文化西方的相加，更是此双文化的沟通交融、合作相乘，甚至是相克消长、互轧断绝。其实，就如王润华以去中心（decentralized）、多元（pluralistic）视角所指出的，"新加坡由于在地理上处于东西方的重要通道上，最早遭到西方文化的侵略与影响，成为最明显的具有东西文化的精神新文明的国家"，[12]而赵小琪也通过原型批评提出"它（新华文

---

11　例如王德威评论旅台的马来西亚作家李永平："尽管生于斯，长于斯，婆罗州只是他和他的家族的客居之地。跨过海洋，还有一处大陆——中国——耸立在地表彼端，那才是安身立命的所在。从一开始，李永平的原乡想象就不能摆脱幽灵般的多重存在。这是移民或漂流者的宿命⋯⋯"这与大多马华和东南亚华文作家的原乡图像近似：即根植于中国和其所在地。见王德威：〈原乡想象，浪子文学——李永平论〉，《江苏社会科学》2004 年 04 期，页 102。

12　王润华：《华文后殖民文学：中国、东南亚的个案研究》（上海：学林出版社，2001 年），页 7。

学）既根植于新加坡本土，又继承中国文学精神传统，同时
又融入了丰富的西方文化因子。"[13]这当然与新加坡所处的
地理位置（东西方枢纽）、历史沿革（英国殖民地）、血缘关
系（与中国祖籍地的关联）等有关，更重要的是新加坡独立
以来通过政策、教育，将自己刻意塑造成一个双语社会，[14]
近年来更是大力培养更多的双文化精英。[15]

　　在这样的背景下，本文尝试通过三位新华文学的代表作
家——英培安、希尼尔以及黄孟文的文本分析，来探讨新华
文学中的双文化原乡图像。三位知名作家都以超过一种的文
类著称，也都堪称多产，而且都曾获得代表新华文学最高荣
誉、由国家艺术理事会所颁发的文化奖（黄孟文-1981、英
培安-2003、希尼尔-2008 年获奖）。当然，双文化的原乡图
像肯定是因作品、作家而异，也不是俯拾即是地遍布于三位

---

13　赵小琪：〈原型批评视野下的新世纪新加坡华文文学〉，见 http://www.literature.
　　org.cn/article.aspx?id=40561

14　"作为一个多元种族、多元语言及文化的国家，新加坡自一九六六年以来就以
　　双语政策作为国家教育制度的基石。三大种族华族、马来族、印度族以及其他
　　少数民族（合称 CMIO-Chinese, Malay, Indian, Others）除了修读各自的母语课
　　程之外，更重要的是掌握新加坡官方的主导语言——英语。"引自陈志锐：〈新
　　加坡小学课本中的单元式教材在教学实践中的可能与局限〉，《国民中小学国语
　　文教科用书比较探析国际学术研讨会论文集》（台北：国立台湾师范大学，2009
　　年），页 25。

15　新加坡教育部于二〇〇五年推出的双文化课程（Bicultural Studies Programme），
　　旨在培养一批既能与中国沟通，也可以和西方国家交流的双文化学生，每年有
　　超过三百名学生选修。参考 C. L. Tan, "The Interdisplinarity of Teaching
　　Bilingualism", paper presented at Raffles International Conference on Education,
　　2008 Humanities & the Arts, 2008.

作家的作品中。然而，在三位出生于不同年代（黄孟文出生于 1930 年代、英培安-1940 年代、希尼尔-1950 年代）的代表作家的作品里头，我们已经看到了双文化的发端，也可以预见未来在全球化、更多东西文化撞击的背景下，[16]新华文学会生出更多以双文化原乡为出发点的文学精品，真正确立新加坡式的双文化原乡。即使由于本文的篇幅限制，三位作家的作品仅能以切片形式呈现，然而它们在双语书写、符码表征、时空转移、背景视角等方面，都已透露出独特的双文化特色。

***

英培安（1947- ）是新加坡文学界里头名副其实的多面手，从诗歌、散文、小说、戏剧、政治短论，到文学批评等，都可清楚看到东西方文化/文学对其作品的巨大影响。新诗其实是作者最早的文学身份证，而且也是始终贯彻他其他文体的文字血缘，就如以下写于二〇〇三年的〈四月〉：

**四月　　　　　英培安**

April is the cruellest month. Breeding

Lilacs out of the dead land, mixing

---

16 有关新加坡文学视野的扩展，见 Edwin Thumboo, "Writers' role in a multi-racial society," Singapore Spectrum, Vol. 1, No. 2, July/August, 1978, pp.1-4。

Memory and desire, stirring

Dull roots with spring rain.

T.S. Eliot: The Waste Land

四月的残酷不是诗的

隐喻。它具体存在于

你上升的体温，于咳嗽

于你急促的呼吸


（I had not thought death had undone so many.

Sighs, short and infrequent, were exhaled,

And each man fixed his eyes before his feet.）


于焦虑的影像于电子

邮件，于计程车与巴士于地铁

于荒漠的街道，于野草

般迅速蔓延的

谣言


人们把自己紧锁在自己的身体里

露出一双惊恐疑虑的眼睛

（I had not thought death had undone so many.

Sighs, short and infrequent, were exhaled,

And each man fixed his eyes before his feet.）


今日陌生的骨灰

是昨日熟悉的容颜

总是太迟了，总是来不及

来不及拥抱、叮嘱

吻别


上帝在教堂

佛在庙里

唯有与死亡同眠的白衣战士

清楚地向你诠释

爱，牺牲与勇气


而你仍须好好地记住

如何武装自己

口罩，酒精，温度计

板蓝根，连翘，甘草


（I had not thought death had undone so many.

Sighs, short and infrequent, were exhaled,

And each man fixed his eyes before his feet.）


维他命 C

以及

人与人之间

最疏离的


亲密


10-05-2003


*注：英文诗句引自 T.S. 艾略特诗作〈荒原〉* [17]


解读英培安双语诗〈四月〉，必须一如侦探沿着光源的线索追去。从开篇的英文诗句一路读下来，搜寻的线索应当是各句的关键字（在此多为华英文的名词符码）：


April, dead land, memory and desire，四月，上升的体温，咳嗽，急促的呼吸，death, sighs，焦虑……谣

---

17 英培安：《日常生活》（新加坡：草根书室，2004 年），页 69-71。

言，骨灰，白衣战士，口罩，酒精，温度计，板蓝
根，连翘，甘草，维他命 C，甚至是写诗的日期：
10-05-2003

从莫名的四月，到病状似的咳嗽以及与医疗相关的医生护士
（白衣战士），最后终于牵连上对"沙斯"最深刻的集体记
忆——"口罩，酒精，温度计"，以及更为精确的中药符号
"板蓝根，连翘，甘草"——果然，这是针对二○○三年三
月中至五月发生在新加坡的沙斯疫情，而因为四月便是疫情
的高潮期，所以就巧妙地扣了题，并与一九二二年的英文诗
间接地产生了时空的联结、转移，乃至文化的对应。英文原
诗出自诺贝尔文学奖得主艾略特（1888-1965）的名作〈荒
原〉（1922），全诗的四百三十四行里头充满了不同的叙述视
角、文化背景、交错时空等元素，堪称英美现代主义文学的
经典。这部分——当然算是一种西方文化精髓的输入。

　　在文本的起始处，April 以最残酷（cruellest）的一个月
出现在艾略特的原诗中，这其实乃源自西方的传统及文化认
知：四月的季节（冬春交汇点）是新旧的交替、生命和死亡
的共存（breeding and dead）、旧根和新雨的对比（dull roots
and spring rain），以至延伸出记忆和欲望（memory and
desire）的交织。利用西方文学经典自然是一种诗歌的艺术
隐喻，更是一种背景视角的切入，然而这文化概念、形态必

然已经根植于诗人的文化原乡，诗人才能够将时空的转移运用得如此自如，同时利用中英文诗句进行意义的互涉互补和相应相乘。例如其中的"sighs"（叹息）一词，暗含的一语双关（西方文学中所谓的"pun"）就必须借助中文诗句的意义补充来显现——"sighs"在英文诗句中只是表现了对死亡/季节更替的惋惜，然而加上了中文的诗意后，其既是沙斯病患呼吸困难的具体象征（喘息），又是诗人和所有被威胁者及旁观者的深度担忧的反射性动作（叹息）了。更进一步来说，"四月"已经不仅是艺术转喻，而是在二〇〇三年的四月成为了一种现实的表述，所以诗人才会明言"四月的残酷不是诗的/隐喻"。

　　紧接着，英文诗句又都在括号中出现，而且还一连重复了两次，只字未改。表层来看，这是对死伤惨重的感叹（death had undone　so many），或者暗地里对病情（sighs, short and infrequent, where exhaled），以及对人们与疫情之间的关系、私己态度（each man fixed his eyes before his feet）的观察。更深层地来看，我们可以把括号里的英文诗句理解为诗人最私密的私语，而当诗人遇上"对死亡冷漠"的主题时，是直接选择用西方文学经典来发迹，甚至通过原文—英文来发声，然后才是使用中文来进一步阐述：这实在是因为西方文学、文化，乃至语言，已经成为了诗人另一个文化原乡的想象。

　　在本诗里头，中文和英文诗行交叉使用、彼此对照、相互辉映，文化符码也是刻意地并置（juxtaposition）：如上帝、教堂与佛、庙等东西方宗教表征的共同出现。虽然英文诗句并非出自英培安之手，然而亦可以视为双语诗（bilingual poetry）的一种表现。英培安巧妙地以创意解读的方式嫁接了英文原诗，又以东方文化为中文诗句进行艺术加工（例如以中草药——板蓝根，连翘，甘草等"武装自己"）。其在语言和文化背景上，必然源自两个截然不同、却又紧密相连的双文化原乡。然而无论是中英相互对应或重新诠释英文原诗（在此，英诗可说是全诗意义的源头/原乡），文本都是以东西方文化对照、融合的形式呈现。我们甚至可以这么说，这首双语诗就是浓缩中西方双文化的小展示品（Bilingual Poetry: a condensed sample of biculturalism）。

＊＊＊

　　希尼尔（原名谢惠平，1957-）的当代诗歌和微型小说作品以创新出奇见称，甚至堪称是新加坡最具创意和未来倾向（futuristic）的新诗和微型小说，例如以下我们将集中探讨的图像新诗〈怅然若失〉：

# 怅然若失

（注一）

**结构文化**

没有形象的一堆象形族群

清楚地模糊自己，扭曲

只为锻炼竞相求存的伎俩


（注二）

**颠覆传统**

不再青绿的一脉青山绿水

清醒地沉默自己，移屈

只为保全迷失坐标的弃根[18]

乍看本诗，形式上的符码混杂现象就一览无遗，甚至可以说是以一种未来主义的方式呈现眼前。一九〇九年意大利诗人马里内（Filippo Tommaso Marinetti）发表了"未来主义宣言"（The Manifesto of Futurism），认为大胆反叛才能显示未来主义者的本性，而且字、字母、数字能够不论文法地打散、乱置，希望读者通过视觉、听觉，甚至其他感觉去体会诗歌。[19]而这首希尼尔的图像诗，除了强调视觉形象和效果，也通过中英两种语文和文化符号夹杂的方式出位。它甚至还利用了文字的排版，额外的图像符号，汉字的特征，来让我们产生多重解读的可能：

1. 诗歌的题目是"怅然若失"，红色"月日川山"的字和符号是插图，没有诗歌的内文，只有两条好像诗的注释。
2. 题目是"月日川山"一直到"怅然若失"的所有的字和符号，诗歌的内文伪装成两条注释。所以，这其实是一首组诗，由相对应的两小节注释组成。
3. 诗题依然是"怅然若失"，然而红色"月日川山"的字

---

18 希尼尔：《轻信莫疑》（新加坡：新加坡作家协会，2001 年），页 36-37。
19 Rainey, L., *Modernism: An Anthology*, Oxford: Blackwell Publishing, 2005, pp.3-5.

和符号原来就是诗歌的内文，外插两条多此一举的注释。

无论是以上的哪一种诠释，这首诗的排列组合很强烈地引导读者把它看成是一段文字的演变过程。按照正常/传统中国的阅读习惯从上至下，我们看到第一行楷书的"月日川山"四个象形文字，在第二行上溯到殷商甲骨文或是商周的金文写法。然而，诗人却巧妙，甚至霸道地把"月"亮弯曲的方向左右逆转，以配合接下去图形转变成最终的英文字母"L"。同样的，"川"和"山"的甲骨文写法在第三行也进行刻意的左右与上下逆转，以配合之后衍生出来的英文字母"S"和"T"。第三行以下更是进行符码简化。这笔画省略的结果是，最后一行产生突变，衍生出完全不同语系和书写体系的英文字母，而且是大写的"LOST"。从代表中国传统自然文化的"月日川山"的消失，到代表西方文化符码的"LOST"的出现，其实就暗喻了一种文化原乡被另一种文化原乡所替代——一种属于新加坡式的"文化演化史"。诗人本身当然不是诗中所指涉的一般新华社会上的"原乡遗失者"——其把这现象利用双语书写、双文化符码表征呈现，其实就在利用其所拥有的双文化资源。更进一步来看，从汉字突变成英文字母，其实就非常符合新加坡式的思维模式，而把二者如此巧妙地进行互涉、结合，必定也与新加坡写作人所处的中英双语语境和东西交融的社会紧密相关。故这首具有新加坡双语，甚至东西文化身份证的诗歌本身就可以称为一首双文化新诗（bicultural poem）。

除了利用双语所突显的新加坡语言资源，本诗也以图像来昭示新加坡的特殊文化境况。从我们日常使用的楷书"月日川山"开始，往上追溯汉字，甚至汉文化的源头，竟然是一个过去式的（past tense，可视为又一时空的转移）、已成定局的、如呐喊一般大写的英文单词"LOST"。那在新加坡的双文化语境中，已经全然消失的是什么？是汉字，是以汉字为外在形象的语言文化，还是以"月日川山"风景为代表的汉文化内涵？

诗文进行到这里就已经足以发人深省，足以扣紧题目并让人"怅然若失"了。可惜后来又泄漏了两条小注释，把答案点破、把问题复杂、琐碎化了。然而，这首诗最大的深意可能是：通过一首颠覆传统、不规范的双文化新诗来看传统的颠覆和文化的解构，更是充满了吊诡的意味。这样"怅然若失"的感觉，或许在新加坡的诗人和读者身上，更容易引发出来。

\*\*\*

另外一位资深的作家黄孟文（笔名孟毅，1937-）的代表作之一——微型小说〈迈克杨〉，却是以另一种嘲讽挖苦的笔调带出了东方文化和语言的式微，以及相对的西方文化话语权的不断扩大。

在文本中，政府公务员杨迈克是虚设的语文局处长，受《海内外》华文月报创刊邀请主持发表会。本来其语文局里用的只是国际语文，但由于"华人讲华语"运动是由"总理他老人家"揭幕的，身为公务员，必须"应酬"出席。没料到，司仪安排与会的所有贵宾，包括外国大使馆的"中国通"用华文签名留念。本来只想"照例签上 Michael Yang"的杨迈克只好"硬着头皮……把他平生所学过的三个汉字，拿笔像他祖父拿锄头一般，一笔一画地写了出来：

迈克杨

签毕，杨迈克从衣袋里取出好几张纸巾，抹去从丰润额角直冒出来的汗珠……但是，无论他怎样抹，都抹不去那已经深嵌在各个脑细胞内的"米"字形国旗。"[20]

在这篇一九九四年的微型小说中，黄孟文以极端讽刺性的笔尖刻画了新加坡的语言和文化现象：华人不会说华语、不会写汉字、名字洋化、公务员/局长只需通晓"国际语文"（英文）、讲华语运动的形式化、语言文化仍被"后殖民"等。当然，"先名后姓"以及代表西方图像的英国米字

---

20 董农政主编：《跨世纪微型小说选》（新加坡：新加坡作家协会，2003 年），页19。

国旗不能够就算是西方文化的原乡书写，这与我们一般接触到的对原乡充满依恋与乡愁的概念也相去甚远。然而，就社会现象而言，此文本确实反映了极为普遍的社会文化现状：首先，是东西方姓名格式的错置，即将华人原本"先姓后名"（杨迈克）的顺序颠覆，按照西方的顺序"先名后姓"（迈克杨）来排写；其次，是以英文名字（Michael）为根本，用谐音拼写的方式命名（迈克）；再者，是错写，甚至遗忘如何书写自己的华文姓名杨。

这正是新华社会的独特文化现象：西方文化的入侵以至入驻，最后逐渐在新一代的华族中成为了一个新的文化原乡。在姓氏与名字的排位赛里头，在汉字的部首符号与西方国旗图像的交织重叠中，我们清楚看到西方的文化图腾已经超越、覆盖了原本的中文符码（从"木"字边到"米"字边的"杨"姓）。汉字以及中文姓名在这里作为双重重要的文化符号，竟然与象征西方后殖民文化、英文的视觉符号错误地排序、重叠在一起，这其实就是作家刻意凸显的典型双文化符码的相克消长、互轧断绝，并构建出在新华社会中，文化原乡是不断地在游移与浮动的。

## 三　结语：期待新加坡文化原乡

除了以上比较集中讨论的三篇作品，其实在其他的新华文学作品中，我们当然可以预期有更多不同的双文化原乡的景象和书写模式，特别是完全接受双语教育、双文化教育的年轻写作人里头，更有可能表现出双文化原乡的特色。新华文学双文化原乡的探索还处在初步的阶段，除了年轻作家的作品之外，扩大讨论面积和文本与作者数量当是接下去研究者可以着力探讨和研究的方向。然而，单单从这三位多产作家不同文类的三篇作品中，我们就已经可以窥见双文化原乡的端倪和概念已经以截然不同的形式在新华文学中萌芽。

首先，我们见到英培安的双语诗歌〈四月〉从西方文学经典的视角出发，融合了西方文化图像和东方社会事件，比较符合我们一般理解的原乡想象以及文化乡愁。在这里，无论双语书写、符码表征、时空转移、背景视角等，都在在地透露出独特的双文化特色。

其次，希尼尔的图像诗〈怅然若失〉，在较小程度上也可以称之为双语诗，却是通过一文化原乡的消逝和另一文化原乡的兴起，来表现双文化原乡在现实社会中此消彼长，但在文学文本中却共同出现的独特现象。这首诗在极短的篇幅内通过双语书写和非常视觉性的符码表征，呈现了双文化色彩。

最后，黄孟文的微型小说〈迈克粝〉通过中文姓名和汉字的"被西方化"，说明新一代的新加坡华人已经把西方文化中的语言、格式、形态等内化成其文化原乡，所以尽管这不是作者/文本所追求的文化原乡，却是其清晰、如实地反映的新华社会中的原乡游移。

纵观以上三篇一九九〇年代以后出现的作品，都无一例外地以新加坡为念兹在兹的大背景、以新加坡的社会现象为刺激灵感的创作母题、以新加坡的社会文化为深刻、着力刻画的对象。我们甚至可以预见，在以东方和西方文化为创作资源和原乡的同时，一个以不同形式结合东方与西方文化的文化母体也正在悄然成型，而这极可能就是新华文学所期待的，建构在双文化基础上的新加坡文化原乡的雏形。

# 形式与语言的革命
## ——论余华的先锋小说

钟韵宜

## 提 要

余华（1960-）是中国当代文坛最重要的作家之一。这位曾从事牙医工作的浙江作家开始引起广泛注意是在文革后中国社会迟到的"文艺复兴"时期。在历经伤痕文学、反思文学、改革文学、寻根文学之后，中国当代文坛产生了一批具有实力的作家作品，可是文学自身的革命却迟迟未登场。在叙述方面，僵化的现实主义的条条框框依然禁锢着作家的想象力。于是一九八六年以后，马原、残雪、苏童、格非等一群六〇年代出生的年轻作家在没有宣言没有统一的行动纲领的背景下，开展了反叛现有文学规则的行动，而余华无疑扮演了急先锋的角色。余华的多篇小说如〈一九八六年〉、〈河边的错误〉、〈现实一种〉、〈世事如烟〉、〈难逃劫数〉等都成为了先锋文学的经典之作。因此，分析余华具颠覆性的叙述形式和叙述语言便具有一定的意义与价值。

关键词：余华、先锋文学、实验小说、叙述形式、叙述语言

一

　　余华是八十年代后期崛起于文坛的先锋派作家中的佼佼者。一九八七年，当余华"正式出现于中国文坛上时，他俨然是个成熟作家；该年九月刊出的〈十八岁出门远行〉和〈四月三日事件〉已具有难以模仿的余华风格"。[1]〈十八岁出门远行〉和〈四月三日事件〉是余华的成名作，它们的问世标志着余华独特的写作方式的确立，而这种写作方式对人们长期以来所形成的文学观念和阅读习惯造成了前所未有的冲击和挑战。此后在短短两年的时间里，他先后发表了〈一九八六年〉、〈河边的错误〉、〈现实一种〉、〈世事如烟〉、〈难逃劫数〉、〈古典爱情〉、〈往事与刑罚〉等一系列文体实验性颇强的小说，从而名噪文坛，成为中国先锋派小说的代表人物之一。

　　与余华同是一九八〇年代著名先锋作家的莫言曾将余华比喻为一个"清醒的说梦者"。[2]笔者以为这是对余华作为一个作家极为贴切和精彩的概括。余华是一个说梦者，他用感觉、幻想和梦境替代了对现实世界的反应、认识和理解；

1　赵毅衡：〈非语义化的凯旋——细读余华〉，收入张国义编：《生存游戏的水圈》（北京：北京大学出版社，1994 年），页 251。

2　莫言：〈清醒的说梦者——关于余华及其小说的杂感〉，《当代作家评论》第 2 期（1991 年），页 95。

但余华又是清醒的，他的梦是被理性和逻辑，即莫言所谓的
"清醒的思辨"，[3]所控制的。余华是一位冷静且理智的作
家，其小说的内容与主题都是由其特有的现代叙述技巧所支
撑起来的。余华充斥着个人主义的叙述方式和叙述语言是对
权威话语、经典语法的反动，因此，余华的叙述方式和叙述
语言与所叙述的内容一样深具颠覆性，而这种颠覆行为构成
了其小说独具一格的文本暴力（Violence of the Text），这种
文本暴力正是本论文所关注的。

## 二

**时间的暴政**。余华对于时间的重构成为他反叛经典叙述
话语的手段之一，时间显得如此地多义，如此地神秘，使余
华在其中发现了一个崭新的天地，发现了世界的另一种意
义。"一种记忆的逻辑"随时重新结构世界，而世界在每一
次被时间重新结构之后，都将显出新的姿态。[4]余华有意识
地将其作品流放到传统时间手法所规范的范围之外，因此时
间的分裂、时间的重叠、时间的错位在文本中大量出现，成
为余华先锋小说的一个标志。这与余华对"真实性"的思考
有着十分紧密的联系。余华认为"对任何个体来说，真实存

---

3　同上。
4　余华：〈虚伪的作品〉，《上海文论》第 5 期（1989 年），页 49。

在的只能是他的精神"，[5]因此余华小说中的"时间"不再
是常识中的物理时间，而是心理时间。这种心理时间是物理
时间的一种畸变，它是多维的，并非单纯地从过去指向未
来。余华在〈虚伪的作品〉中对此有一段解释：

> 因此现实时间里的从过去走向将来便丧失了其内在的说
> 服力。似乎可以这样认为，时间将来只是时间过去的表
> 象。如果我此刻反过来认为时间过去只是时间将来的表
> 象时，确立的可能也同样存在。我完全有理由认为过去
> 的经验是为将来的事物存在的，因为过去的经验只有通
> 过将来的事物的指引才会出现新的意义。
> 拥有上述前提以后，我开始面对现在了。事实上我们真
> 正拥有的只有现在，过去和将来只是现在的两种表现形
> 式。我的所有创作都是针对现在成立的，虽然我叙述的
> 所有事件都作为过去的状态出现，可是叙述进程只能在
> 现在的层面上进行。在这个意义上说，一切回忆与预测
> 都是现在的内容，因此现在的实际意义远比常识的理解
> 来得复杂。由于过去的经验和将来的事物同时存在现在
> 之中，所以现在往往是无法确定和变幻莫测的。[6]

---

5　〈虚伪的作品〉，页46。
6　〈虚伪的作品〉，页47。

这种对时间的描述近似德国哲学家海德格尔（Martin Heidegger，1889-1929）对时间的理解。海德格尔认为时间从过去流向将来只是一种神话，是一种形而上的迷误。时间对于海德格尔永远是现在的。[7]

余华小说叙事的时间结构往往是不规则的。这种时间结构与西方现代派作家所建构的时间序列一样复杂纷乱，普鲁斯特（Marcel Proust，1871-1922）的多部著作，如《追忆似水年华》（*Remembrance of Things Past*），就存在着这种混乱的时间关系。法国的结构主义学者热耐特（Gerard Genette）在《叙事话语，新叙事话语》（*Narrative Discourse: An Essay in Method*）一书中写道："叙事是一组有两个时间的序列……：被讲述的事情时间和叙事的时间（"所指"时间和"能指"时间）。这种双重性不仅使一切时间畸变成为可能，……更为根本的是，它要求我们确认叙事的功能之一是把一种时间呈现为另一种时间。"[8]按热耐特的叙事的时间图式应是：所指时间：1 2 3 4 5……，能指时间：5 4 3 2 1……或其他数码排列，这是"时间的双重性"。[9]余华的先锋小说将时间作为叙事方式融汇于其结构，通过时间来完成

---

7　参见 Martin Heidegger, "Being and Time", Smith, Gregory Bruce (ed.), *Nietzsche, Heidegger and the Transition to Postmodernity*.

8　热拉尔·热耐特著、王文融译：《叙事话语，新叙事话语》（北京：中国社会科学出版社，1990 年），页 8。

9　同上。

结构的做法与普鲁斯特的叙事手法很接近。时间作为重构世界的方式集中体现在余华的中篇小说〈此文献给少女杨柳〉和短篇小说〈往事与刑罚〉中。

〈此文献给少女杨柳〉的叙述在凌乱的时空关系中展开，小说的主角"我"和外乡人在桥洞的会面与曲尺胡同二十号里的少女杨柳的遭遇这两条故事线索不断地交织交错；通过不同时态的叙述，历史事件丧失了稳定的特征，变得亦幻亦真。这篇小说有四大段十三小节，采用 1234 1234 123 12 的小节排列，以显示这四段有同步发展的关系。[10] 由于第一叙事段落涉及以后各段事件的发展，笔者就着重对此进行具体分析。第一段分为 1，2，3，4 小节，各个小节的时间背景，核心的人物，发生的事件以及发生事件的地点以图表显示为下：

| 节序 | 时间 | 人物 | 地点 | 事件 |
|---|---|---|---|---|
| 1 | 1988 年 5 月 8 日 | 我 | 寓所 | 一个年轻的女子开始幻象般地进入我的生活。 |
| 2 | 一个夏日的中午 | 我 | 水泥桥桥洞里 | 与外乡人相遇，外乡人向我讲述事件 A*和事件 B。** |

---

10 这篇小说初次发表在《钟山》时，该刊物的编辑将1234 1234 123 12 的排列顺序改为 1 2 3 4 5 6 7 8 9 10 11 12 13 小节的排列，但在余华的作品集里保留了原本的构思。见余华：〈虚伪的作品〉，页49。

| 3 | 一个夏日的中午 | 外乡人 | 水泥桥桥洞里 | 外乡人开始讲述另一桩往事 C。 |
|---|---|---|---|---|
| 4 | 1988 年 5 月 8 日 | 外乡人讲述的往事 C | 外乡 | 外乡人视力出现问题，因而到上海求医。 |
| | 1988 年 8 月 14 日 | | 上海医院 | 少女杨柳在车祸中身亡，捐献自己的眼球。 |
| | 1988 年 9 月 1 日 | | 上海医院 | 外乡人接受了杨柳的眼球，进行角膜移植。 |
| | 1988 年 9 月 3 日 | | 开往小城烟的车上 | 外乡人与沈良相遇，沈良讲述事件 A。 |
| | 1988 年 9 月 3 日 | | 小城烟的水泥桥上 | 外乡人看到民工挖出一颗定时炸弹。 |

*事件 A：1949 年初，国民党军官谭良撤离小城烟前指挥工兵按照复杂的几何图形埋下了十颗定时炸弹，以及后来谭良的去向及炸弹的事。

**事件 B：1988 年 9 月，老渔民沈良在开往小城烟的车上向一个患眼疾的年轻人讲述了事件 A。

第一叙述段的第 3 小节提供了理解整篇小说的重要线索。外乡人所说的十年前指的是一九八八年五月八日，而"我"却认为应该是一九七八年五月八日，因为对"我"而言，一九八八年五月八日还未到来。换言之，外乡人和"我"虽然在水泥桥的桥洞里聊天，但两人所处的时间相差十年。他们各自处于由不同的时间构成的世界之中，文本中的时空逻辑已完全破裂。在这里我们不妨根据上述的图表，将第一叙事段归纳为下列的叙事单元以便阐释小说第二至第四叙事段的故事情节：

> 单元 A："我"与一位年轻女子的故事。这位年轻女子在以后的故事发展中逐渐显现为少女杨柳。
>
> 单元 B："我"与外乡人的故事。在水泥桥的桥洞里。外乡人与我讲述了事件 A 和事件 B，并叙述了往事 C。
>
> 单元 C：外乡人从 1985 年 5 月 8 日到 1988 年 9 月 3 日的往事。外乡人染上眼疾，到上海就医，与少女杨柳的关系，在开往小城烟的车上与沈良相遇，沈良讲述事件 A。

在以后的叙事段中，叙事线索中的"我"与年轻女子的故事逐渐由虚而实，发展为往事 C 单元的模式，最后"我"的经历逐步开展起来，同化事件 B，往事 C 等，"我"的角色也渐渐与外乡人和年轻人等角色重叠。区别在于"我"与外乡人和年轻人处于不同的时间结构之中，对"我"而言一切经历都是朝向未来发展，而对于外乡人和年轻人而言，"我"却是在重叠他们的往事。

单元 B 是小说叙事中关键性的转折单元。"我"是一个对人有莫名恐惧的焦虑症患者。"我"不愿意接近别人，因为"我"深恐那些"庸俗气息的人"[11]会"走入我的生活，并且占有我的生活"；[12]"我"只有在夜间才能安心地在街上游荡。然而，当"我"在一个夏日的中午遇见了端坐在桥洞里的外乡人时却感到异常地宁静，"外乡人是属于让我看一眼就放心的人"，[13]因为外乡人是绝对不会侵略"我"的生活空间的。于是"我"与外乡人开始了交谈，并在他的邀请下走入了桥下。在这两个代表着不同世界的人眼神交会的一瞬间，余华便将时间，即"过去"、"现在"与"未来"，拉至同一个平面上，体现出对一种"共时性"的追求。时间关系被完全削平，线性时间被完全消除，一切都在同一维度上铺展开去。一切时间只是现在（当下状态）。这

---

11 余华：《余华作品集》（北京：中国社会科学出版社，1995 年），册 2，页 87。
12 同上。
13 《余华作品集》，册 2，页 89。

是有别于现实世界物理时间的心理时间，即热奈特所谓的伪时间。[14]这是一种时间的暴政，是叙述的暴政。

最后当"我"的经历与外乡人和年轻人的往事重合时，"我"便穿梭于由不同时间构成的不同世界里。余华在〈此文献给少女杨柳〉中，通过时间的暴政重构世界的意义，使整篇小说给人以扑朔迷离的新异感。小说中的"我"不仅仅怀疑周围的世界，不仅仅逃避周围的世界，而是在一个时间的漩涡里，再也找不到自己的本质。

在〈往事与刑罚〉这篇更为抽象的小说里，时间的畸变将读者带入一个历史的迷宫。陌生人在一九九〇年的某个夏日之夜，收到了一封来历不明的电报，电文中仅有"速回"两个字。陌生人在重温了几十年如烟般的往事后，选择了一九六五年三月五日所指引的道路，开始了他对往事的追溯。评论家王德威在〈回忆的罪与罚——评余华的〈往事与刑罚〉〉中精确地写道："陌生人极欲缘时间之路，回溯如烟往事。他的旅行将时间空间化，使原似不可捉摸的回忆之网，具象为诡秘和苍凉的探险图"。[15]正如王德威所指出的，余华借用"时间"的名义将叙述空间化，因此那些抽象的事件不是发生在线性的时间中，而是在空间场所里。时间

---

14 《叙事话语，新叙事话语》，页 13。
15 王德威：〈回忆的罪与罚——评余华的〈往事与刑罚〉〉，收在王德威：《阅读当代小说：台湾，大陆，香港》（台北：远流出版公司，1991 年），页 155。

的异化建构了余华奇特的形而上的世界。

陌生人与刑罚专家在余华虚设的时间即一九六五年三月五日，在一个虚无缥缈的小镇烟相遇。两人的相遇看似偶然，实则必然。通过刑罚专家对各种酷刑的侃侃而谈，历史上所经历的暴力与血腥雾时穿透了时间尘封的记忆，一下子呈现在我们的眼前，令我们万分惊愕。这就是时间重构世界的意义。在这篇小说中，余华有意识地突出了一种形而上的、超现实的风格，时间连同人物和地点均不具体，都只是形而上的符号。四个日期：一九五八年一月九日、一九六七年十二月一日、一九六零年八月七日、一九七一年九月二十日所代表的事件始终没有被揭晓或确定——刑罚专家最终带着谜底自缢。故事中的小镇"烟"暗示着"过去"、"现在"及"未来"混沌不清的关系，时间是无序的，在叙述的过程中，"过去"、"现在"和"未来"可以随意地交替出现，换言之，"过去"、"现在"和"未来"被"重叠"在同一个平面上，时间事实上被取消了。我们虽然意识到在〈往事与刑罚〉中时间并不是真实的，但它已幻化成了余华小说叙述的具体手段，构成了多重的象征。

在余华以时间结构一个形而上的世界的尝试中，预述（Flash Forward）和时间的延宕是经常被使用的叙事手段。预述，即在叙述中不依时间顺序插入未来的情节以便打乱叙述时间的线性结构。余华的先锋小说中有大量的预述揭示了小说人物的结局[16]，然而我们不应该把余华的预述简单地理解为一种"先言结局"的构局手法。余华的预述在具体操作上更为复杂——预述在整部作品中普遍存在，并且还出现预述中套预述的连环结构。更为重要的是，余华小说中的预述"不是作为故事结局的预断，而是为了提醒重复之不可免，不是时间的前展后延，而是时间的无进展。"[17]以下笔者以〈难逃劫数〉为例：

> 东山在那个绵绵阴雨之晨走人这条小巷时，他没有知道已经走入了那个老中医的视线。因此在此后的一段日子里，他也就无法看到命运所暗示的不幸。[18]
>
> 直到很久以后，沙子依然能够清晰地回忆起那天上午东山敲开他房门时的情景。东山当初的形象使躺在被窝里的沙子大吃一惊。那是因为沙子透过东山红彤彤的神采看到了一种灰暗的灾难。[19]
>
> 他们没有注意树梢在月光里显得冰冷而没有生气，显然这是不幸的预兆。那个时候广佛的智慧已被情欲淹没。

---

16 预述在哥伦比亚作家加西亚·马尔克斯（Gabriel García Márquez）的作品中经常出现，如《百年孤独》（*One Hundred Years of Solitude*）、《爱在霍乱时》（*Love in the Time of Cholera*）等。

17 〈非语义化的凯旋——细读余华〉，页256

18 《余华作品集》，册1，页181。

19 同上。

> 直到多日以后，广佛的人生之旅将终止时，他的智慧
> 才恢复了洞察一切的能力。然而那个时候他的智慧只
> 能表现为一种徒有其表的夸夸其谈了。[20]

　　预述在这篇小说中频频地出现，使整部作品沉浸在一种
先验的神秘之中。有的预述甚至夸张离奇："当广佛重新在
彩蝶身旁坐下时，彩蝶立即嗅到了广佛身上开始散发出来的
腐烂味。于是他就比广佛更早地预感到了他的死亡。"[21]小
说中的人物在当时是无法知道自己的命运的，话语表达的感
受仿佛是一种多年以后的追忆，然而它又具有原来的语境。
时间线性的本质已所剩无几，成为普鲁斯特所谓的"挣脱时
间束缚的片刻"，这如同一幅平坦的画卷，呈现出一种静态
的过程，不是一种流动的过程。预述的闪现似乎是时间逃离
了线性的牢笼，获得了前所未有的自由。〈难逃劫数〉中
"不断出现的预述固然是说明'劫数'的不可避免，更是在
说明把一切事件吸纳入内的时间之暴政"，[22]它是余华对有
序时间的又一次摧毁，是对于权威语法形式和经典文本的反
动。

　　时间的延宕可以理解为人物心理的慢镜头，这具体表现

---

20　《余华作品集》，册1，页189。
21　《余华作品集》，册1，页191。
22　〈非语义化的凯旋——细读余华〉，页256。

为小说中的人物在感知到某样事物后无法随即产生相应的正
常的情感反应。以〈现实一种〉为例，当山峰的妻子发现儿
子的尸体时，她先注意到的是血看起来不像真的，然后看看
灿烂的天空，最后才走进屋里。她开始搜索房间，她的目光
从柜子上晃过，又从圆桌玻璃上滑到沙发上，最后才看到摇
篮，只有通过空的摇篮的视觉印象她才想起躺在屋外的孩
子。又如山峰，他被山岗捆绑在树上，他先是看到山岗将自
己的妻子推倒在地，然后才又看到刚才见过的那两滩血并想
起其中一滩血是他儿子的。由这滩血他才想起了是皮皮将他
的儿子摔死的，于是他也找到了踢死皮皮的原因。只有到这
个时候他才恍然发现自己被山岗骗了。在〈死亡叙述〉中，
这种相应的正常反应更是被无限地延宕了，卡车司机"我"
遭到女孩一家人的攻击时，虽然听到到"肩胛骨断裂时发出
的'吱呀'一声"[23]以及动脉被砍断时，血"'哗'的一片
涌了出来"[24]的声响，并且看到自己的肠子从腹部流出，两
个肺被扯出身躯的惨状，但他却没有常人所应该具有的恐惧
或痛楚。时间的延宕将人物的意识与情感（或行为）分离开
来是余华小说中一个循环出现的特征，它使余华的小说变得
更为的怪诞和恐怖，是余华对物理时间进行消解时惯用的一
种手法。

---

23 《余华作品集》，册1，页22。
24 同上。

总而论之，余华以"心理时间"的多维性和无序性代替现实主义时间的一维性和规律性。时间之维在余华的先锋小说的叙述中反复穿梭、停顿、上下蹿跳，呈现出一种博尔赫斯式（Jorge Luis Borges, 1899-1986）的弥散状态。法国画家籍里柯（Theodore Gericault, 1792-1824）说过："每一个物体有两个视角；平常的视角，这是我们时常的看法，每个人的看法；另一种是精灵式的和形而上的视角，只有少数的个人能在洞彻的境界里和形而上的抽象里看到。"[25]笔者以为余华正是透过对时间的重新释义，为我们提供了一个形而上的视角，将我们引入一个魔幻的世界中。

## 三

**叙事的抽象**。对余华而言，时间的错位与无序并不足以颠覆经典的叙事话语，他意识到自己的叙述革命必须进一步地拓展。余华在其先锋作品中明显地使用了一种抽象的叙述方法，在此所指的抽象并非透过现象反映本质，而是指作家按照既定的原则对生活进行抽象，展示某一方面的内容，或对象的某一层面，而将其余的部分弱化或全部删除。

余华与现实主义作家的创作观念是截然不同的。现实主

---

25 瓦尔特·赫斯编著、宗白华译：《欧洲现代画派画论选》（北京：人民美术出版社，1980 年），页 171。

义作家将文艺视为现实生活的投影，他们的创作力图将对象原原本本地再现出来，用文字还原生活。客观与完整似乎是现实主义作家必须履行的义务，但二十世纪的现实主义作家经常面临这样的窘境：现实世界不再是完整的，也不是有序的，它时常以零散、片断的方式展现在人们面前。正如罗布·格里耶（Alain Robbe-Grillet, 1922-2008）所言：“巴尔扎克（Honore de Balzac, 1799-1850）的时代是稳定的，刚刚建立的程序是受欢迎的，当时的社会现实是一个完整体，因此巴尔扎克表现了它的整体性。但二十世纪则不同了，它是不稳定的，是浮动的，令人捉摸不定，它有很多含义都难以捉摸，因此，要描写这样一个现实，就不能再用巴尔扎克时代的那种方法。”[26]这种巴尔扎克式的写作方式正是余华想要摆脱的，作为一个先锋作家，他根本无需承担起现实主义作家追求客观与完整的使命，更准确地说，他认为这项使命是毫无意义的。笔者之前已强调，余华力求表现一种精神真实，因此他对生活的材料是根据其特殊的需要而作出选择的。经由余华的筛选和过滤后，现实主义小说中的要素，即人物、背景和情节在余华的先锋小说都被不同程度地省略了，以达至一种叙事的抽象。

首先在人物描写方面，余华作了很大的抽象，余华写人

---

26 转引自柳鸣九：《巴黎对话录》（长沙：湖南人民出版社，1983 年），页 15。

总是专注于人物有限的侧面，其他则尽量省略。这是一种人物的符号化。与古典和现实主义文学相反，余华的先锋小说并不强调人物性格和情感的"肖象"式刻画，因此我们在其这一时期的小说创作中看到的是一群身份不明，外貌模糊不清，性格特征不突出，甚至没名没姓的人物。人物犹如幽灵，需要他们召之即来，表演完毕，挥之即去。人物的意识活动不多并且颇为怪诞，通常是一种本能的潜意识活动。对人物的语言，余华一般采用叙述替代，人物很少有机会开口说话。经由余华这样特殊的处理以后，人物已明显地异于常态，变得如同木偶。构成人物的大部分要素已被删去，人物丧失了自主意识，仅剩下一个空壳。因此，他们的行为举止常常显得荒诞怪异，带有浓厚的超现实主义色彩。余华更通过对人物的造型描写，将人物加以物化，如"那个时候露珠以一只邮筒的姿态端坐在门口"，[27]"老中医的动作是撩开拉拢的窗帘的一角，窥视着这条小巷"。[28]余华对人物的这种处理方法与他对人物在文学中的地位之认识有关。余华认为人物在小说中享有的地位"并不比河流、阳光、树叶、街道和房屋来得重要"，"人物和河流、阳光等一样，在作品中都只是道具而已。"[29]

---

27 《余华作品集》，册1，页182。
28 同上。
29 〈虚伪的作品〉，页49。

余华使用符号化的方式来虚化人物，这个曾被古典叙事和现实主义文学摆在第一位的故事元素，那么余华关注的究竟是人物的哪个层面？在谈到人物塑造时，余华说："他们所关心的是我没有写从事他们那类职业的人物，而并不是作为人我是否已经写到他们了。所以我还得耐心地向他们解释：职业只是人物身上的外衣，并不重要。事实上我不仅对职业缺乏兴趣，就是对那种竭力塑造人物性格的做法也感到不可思议和难以理解。我实在看不出那些所谓性格鲜明的人物身上有多少艺术价值。那些具有所谓性格的人物几乎都可以用一些抽象的常用语词来概括，即开朗、狡猾、厚道、忧郁等等。显而易见，性格关心的是人物的外表而非内心，而且经常粗暴地干涉作家试图进一步深入人的复杂层面的努力。因此我更关心的是人物的欲望，欲望比性格更能代表一个人的存在价值。"[30]

所谓"虚化"并不是说余华的先锋小说不重视人物，恰好相反，余华的先锋小说关注的不是某一个人物的外貌、职业、性格、思想等，而是人之所以为人的更为本质、更为内在的东西，那就是欲望。于是我们看到了一群拥有强烈欲望的人物，如〈难逃劫数〉中因色欲而走向灭亡的东山、广佛、彩蝶和露珠、〈现实一种〉中因护种欲望而相互残害的

---

30 同上。

山峰、山岗两家人、〈世事如烟〉中渴望长生不老的算命先生等等。

换言之，余华先锋小说中人物的符号化，是对人的本质、人性及欲望的抽象，并努力把这种抽象的人置放在他的舞台上，构成一种有力的象征，象征着一个主观的、人为的真实世界。余华就曾在〈虚伪的作品〉中写道："一部真正的小说应该无所不洋溢着象征，即我们住居世界方式的象征，我们理解世界并且与世界打交道的方式的象征。"[31]象征在本质上是一种抽象化、符号化，它是用一个形象来表征一种观念，一种对世界的态度。这一事物或事件本身又代表某一事物，表示更为深远的意义。人物的功能，在余华的先锋小说中，如同巴赫金（Mikhail Bakhtin, 1895-1975）所述："人物完全不是故事必不可少的所属。故事作为母题的集合，可以完全不需要人物以及对人物的刻画。人物是材料经情节加工成形的结果。并且，从一方面来说，是串联各个母题的手段，另一方面，也是对诸母题联系的形象化和拟人化说明。"[32]

余华的中篇小说〈世事如烟〉将人物符号化推向了极致。在这篇小说中，余华直接以数字为小说中的人物命名。

---

31 同上。

32 巴赫金著、邓勇译：《文艺学中的形式方法》（北京：中国文联出版公司，1992年），页201。

小说一开始就由人物 7 的幻觉带出小说中近乎所有的人物，并且至少有一半的人物是由数字命名的，这是在我们过去的阅读经验中所没有的。余华否定了传统小说中的"典型人物"和"性格"塑造人物的"人物中心"式叙述，我们只能看到人物被突显出来的欲望，人物的相互厮杀以及走向死亡的必然性。人物的无序的、散漫关系被数目化：

> 7：男人/ 7 的妻子/ 7 的孩子：5 岁男孩/ 算命先生/ 4：16 岁的少女/ 3：60 多岁的女人/ 3 的孙子：17 岁，与 3 有乱伦/ 瞎子/ 算命先生的儿子：50 多岁/ 灰衣女人/ 司机/ 6：男人/ 2：抽象的人物、男人/ 接生婆/ 4 的父亲：男人/ 6 的女儿/ 羊皮茄克（人物按出场循序排列）

人物既不是以数目的先后秩序出现，比如第一个出场的人物却被标为 7，此外在数目的排序中，还发生了两次中断，1 和 5 被刻意地除去，一切毫无规律可循。这意味着这些数字与人物在小说中可以自由替换，从而如同玩纸牌游戏，暗示了命运的不可知。数字作为符号，是抽象、平淡而不含感情色彩的，把它作为活生生的、有血有肉的人的标志，从某种意义上说，这种命名方式是反人性的，它暗示着这些人物如同傀儡，任由命运摆布。尽管小说中还保留了如算命先生、

接生婆、司机一类能够显示出人物身份和地位的职业性的称
呼，可是这些人物在余华的笔下已卸下现实的外衣，成为一
种单纯的符号。这些人物没有主次之分，即便是处于结构关
系中的中心位置的算命先生（所有的人物除"羊皮茄克和 2
以外，都与算命先生发生过直接或间接的联系），也并不是
严格意义上的主要人物，因为他与其他角色的关系同样是松
懈的、自由的、偶然的。这些符号化的人物都代表着一种抽
象的、一种颠覆性的"欲望"。

除了将人物符号化之外，余华也拒绝交代地点、环境、
年代、时间等背景情况，故事仿佛发生在一个封闭的世界
里，给人以一种强烈的压迫感。余华有时甚至连事态发生的
最基本场面也不加介绍，例如，〈难逃劫数〉中东山与露珠
的婚礼。婚礼的时间与地点模糊不清，余华也没有在婚礼的
场面，场地的布置或婚宴的佳肴美酒上浪费笔墨，他仅是冷
漠地写道："所有的朋友都来了，他们象垃圾一样聚集在东
山的婚礼上"，[33] 然后透过森林的眼睛描写了东山与露珠、
广佛与彩蝶的情欲以及沙子见不得人的癖好。余华为了实现
小说场景的自由转换，同时又免于背景介绍之累，经常使用
"当时"、"那个时候"、"现在"、"此刻"、"在此之前"
等时间词与词组，以便让人物直接切入事件，例如，"那个

---

33 《余华作品集》，册 1，页 185。

时候，他的目光正漫不经心地在街两旁陈列的马桶上飘过去"，<sup>34</sup> "现在他们像往常一样围坐在一起吃早饭了"，<sup>35</sup> "此刻，他的视线里出现了飘扬的黑发，黑发飘飘而至"。<sup>36</sup>余华也不时利用语言的弹性，直接将人物置身于某一个事态中，如，"后来，他吃了一惊，因为他发现自己竟站在他们的卧室的门口了。"<sup>37</sup>

值得一提的是，余华大部分的先锋作品严格上来说也并不存在着真正的情节。情节在传统的现实主义小说中是颇为重要的，法国史学家兼批评家丹纳（Hippolyte Adolphe Taine, 1823-1893）便认为，情节是"一连串的故事和某一类遭遇，特意安排来暴露性格，搅动心灵，使原来为单调的习惯所掩盖的深藏的本能，素来不知道的机能，一齐浮到面上，以便像高乃那样考验他们意志的力量和英雄精神的伟大，或像莎士比亚那样揭露他们的贪欲、疯狂、暴怒以及在我们深处盲目蠢动、狂嗥怒吼、吞噬一切的妖魔。"<sup>38</sup>情节是现实主义小说魅力的主要来源之一，必须跌宕起伏、引人入胜。然而，余华的先锋小说大多只是细部描写的连缀，也不存在

---

34 《余华作品集》，册1，页181。

35 《余华作品集》，册2，页3。

36 《余华作品集》，册2，页197。

37 《余华作品集》，册2，页208。

38 丹纳著、傅雷译：《艺术哲学》（北京：人民文学出版社，1963年），页396-397。

着"起"、"承"、"转"、"合"这样的完整情节结构。情节的隐退，使余华的小说更为彻底地摆脱了传统现实主义的镣铐。

# 四

**距离的控制**。距离的控制在余华小说里主要表现为不动声色的冷漠叙述。余华笔下的世界是躁动不安的，暴力、死亡、癫狂、欲望、宿命等构成了余华先锋小说永恒的母题。然而，余华的叙述方式却是极为冷漠的，以至于余华被广泛地认为"血管里流着的不是热血，而是冰渣子"。

现代小说修辞学的理论开拓者布斯（W.C Booth）在其论著《小说修辞学》（*Rhetoric of Fiction*）中，根据作者与作品的关系将小说的叙述方式分为人格化的叙述和非人格化的叙述两种。[39]人格化的叙述指的是作者或叙述人经常介入故事，在故事叙述中直接现身说法的叙述方式。与余华同时期或较早的中国当代作家采用的大都为人格化的叙述方式——伤痕和反思作家经常在故事中穿插自己的主观评价或政治宣言（如刘心武的〈班主任〉、卢新华的〈伤痕〉等都是很典型的例子）；先锋作家如马原、洪峰、叶兆言也频频在

---

39 见 W. C Booth, *Rhetoric of Fiction*.（Chicago: University of Chicago Press, 1961）.

自己的小说中现身以强调小说的虚构性。非人格化的叙述者
则一般不介入故事，而是隐藏在幕后。现代作家尊崇的，是
后一种叙述方式，他们认为加强逼真感的一个基本策略就是
减少作者干预，隐藏叙述行为。正如布斯所言："在任何情
况下不要直接向读者说话，避免写任何会提醒他是在读小说
的语句。"[40]巴赫金也发表过类似的观点："小说的语言正
和小说的主人公一样，不把自己束缚在任何一种已有的统一
的语调之中，不把自己完全交给任何一个表示评价的语调体
系；即使在小说语言不示模拟讽刺、不表讥笑的情况下，它
也宁愿完全不带任何情绪，只是冷静地叙述。"[41]

　　现代作家这种颠覆传统叙事，冷静、抽离的非人格化叙
述被余华所继承并推向极致。余华在创作谈中写到："我喜
欢这样一种叙述态度，通俗的说法便是将别人的事告诉人，
而努力躲避另一种叙述态度，即将自己的事告诉别人。即便
是我个人的事，一旦进入叙述我也将其转化为别人的事。我
寻找的是无我的叙述方式。……在叙述过程中，个人经验转
换的最简便有效的方法就是，尽可能回避直接的表述，让阴
沉的天空来展示阳光。"[42]余华所指的"无我"的叙述方式
便是一种非人格化的叙述模式。作者退出了作品，作者与作

---

40 转引自赵毅衡：《当说者被说的时候——比较叙述学导论》（北京：中国人民大
　　学出版社，1998 年），页 229。

41 《文艺学中的形式方法》，页 209。

42 〈虚伪的作品〉，页 47。

品之间设置一个第三者，这个第三者在讲述故事时，永远
"保持着那种冷静、客观、自制、对大痛苦与大悲哀无动于
衷的外表，一副决不悲天悯人的旁观者逍遥姿态"。[43]这个
第三者只作陈述，而排除任何一种价值判断，甚至除去一切
带有明确情感色彩的语言。这种叙述方式在当时的中国文坛
上显然是非主流的，余华正是通过这种"无我"的叙述方式
向人们认可的传统叙事手法进行挑战。

余华先锋小说中的叙述者具有中立性、公正性和冷漠性
等明显特征，[44]无论所讲述的事件是如何的残酷血腥，他始
终是平静而沉着的。他以细腻的工画笔将一切的残忍冷静地
刻画出来。在〈现实一种〉中，叙述者细致地展示了山岗的
遗体被医生解剖的过程。解剖的地点极富诗意，"池塘水面
上漂着水草，而池塘四周则杨柳环绕。池塘旁边是一片金黄
灿烂的菜花地"，[45]医生们自在悠闲，谈着他们感兴趣的话
题，手术开始，山岗"赤裸裸的身体在一千瓦的灯光下像是
涂上了油彩，闪闪烁烁。"[46]穿着高跟鞋的女医生"拿起解
剖刀，从山岗颈下的胸骨上凹一刀切进去，然后往下切，一
直切到腹下。这一刀切得笔直，使得站在一旁的男医生赞叹

43 王斌、赵小鸣：〈《世事如烟》释义的邪说〉，《北京文学》第 7 期（1989 年），
 页 72。
44 见 *Rhetoric of Fiction*, 76.
45 《余华作品集》，册 2，页 41-42。
46 《余华作品集》，册 2，页 42。

不已。于是她就说：'我在中学学几何时从不用尺划线。'"[47]口腔科医生用"手术刀将山岗的脸和嘴剪得稀烂"，[48]在发现上额骨被一颗子弹打坏后，沮丧不已；胸外科医生则"非常舒畅地切断了山岗的肺动脉和肺静脉"。[49]叙述者以科学似的严谨，客观地将一切详尽地记录下来，使整个解剖的过程在一种冷漠的氛围中显得更为地冷酷与凶残。

更令人感到震撼的是〈一九八六年〉中对历史教师自残的详细描写。叙述者将历史教师如何在自己身上施行各种古代酷刑的过程展现在读者的眼前。"他嘴里大喊一声：'劓'！然后将钢锯放在了鼻子下面，锯齿对准鼻子。那如手臂一样黑乎乎的嘴唇抖动了起来，像是在笑。接着两条手臂有力地摆动了，每摆动一下他都要拚命地喊上一声：'劓'！钢锯开始锯进去，鲜血开始渗出来。于是黑乎乎的嘴唇开始红润了，不一会钢锯锯在了鼻骨上，发出沙沙的轻微磨擦声。于是他不像刚才那样喊叫，而是微微地摇头晃脑，嘴里相应地发出沙沙的声音，那锯子锯着鼻骨时的样子，让人感到他此刻正怡然自乐地吹着口琴"。[50]叙述者以平静舒缓的语气将那些令人震惊和战慄的细节娓娓道来。历

---

47 《余华作品集》，册2，页43。

48 《余华作品集》，册2，页44。

49 同上。

50 《余华作品集》，册1，页161。

史教师不但用一把三寸长的锈迹斑斑的钢锯锯断自己的鼻子（劓刑）和膝盖（剕刑），而且还拿烧红的铁块烙伤自己的脸（墨刑）；搬石头砸自己的生殖器（宫刑）；用从垃圾筒捡来的生锈菜刀割自己的肉（凌迟）。

又如〈世事如烟〉，叙述者细致地描写了接生婆腐烂的尸体，"那脸上有水样的东西在流淌，所以她的脸显得亮晶晶的"；[51]再如〈古典爱情〉，叙述者绘声绘影地叙写了菜人被肢解的惨状，"柳生看着店主的利斧猛劈下去，听得'咔嚓'一声，骨头被砍断了，一股血四溅开来，溅得店主一脸都是"。[52]残酷的迫害几乎成了余华小说的顽念，细节的冷静描绘更加重了残酷的压力。[53]叙述者由始至终扮演的是一个置身事外、不动声色的"局外人"，一丝不苟地记录每一个令人不寒而慄的细节。他"用一种从容的节奏来正面叙述，没有夸张，没有渲染，更没有挑逗"。[54]一切似乎笼罩在一种祥和之中，但实际上却在发生着最为耸人听闻的血腥事件。在这里，我们发现了一个尖锐的反讽和二元对立：余华的叙述的语言是平静安宁的，但语言所包含的意义和事件是暴烈而混乱的。"无我"叙述方式的使用造成了形式和意

51 《余华作品集》，册2，页83。

52 《余华作品集》，册2，页178。

53 《非语义化的凯旋——细读余华》，页257。

54 陈思和：〈余华小说与世纪末意识——致友人书〉，收入余华：《余华》（北京：人民文学出版社，2001年），页5。

义之间的严重剥离和断裂，构成了小说内部的张力，而这种张力正是读者在阅读余华的小说时感到极为不安的主要因素之一。余华正是通过叙述方式的革新颠覆传统的叙述模式，同时也瓦解了读者的阅读习惯，使读者在阅读中对自己深信不疑的种种信念产生疑问和反思，与作者共同面对这些困惑。

# 五

**叙事的重复**。叙事的重复，指的是小说的叙事序列呈现为一种周而复始的封闭结构，这近似于荷兰画家埃舍尔（Mauritis Cornelis Escher, 1898-1972）笔下的人工建筑中回环往复的流水。重复，这一叙事策略，在余华的先锋小说中得到了淋漓尽致的发挥。余华对叙述的重复有着独特的见解，他认为，一位有才华的作家必须能够驾驭重复；无穷无尽的重复本身就是一种高度提纯的产物，它以向某一叙事方向的不断回归而实现对原有叙述旨趣的强化，换言之，重复在单纯中包含了无止境的丰富性。余华先锋小说的重复一方面制造了叙事的节奏，一方面又通过这种节奏，有效地实现了叙事控制，由此产生某种向原始叙述风格的还原（叙事重复在神话和童话中应用得最多，它甚至是最基本的手段）。余华为这把被现实主义文学所遗忘的叙事声音注入了新的力量，古朴的叙事声音和所被叙述的暴力与血腥事件形成的强烈反差，使其先锋小说更显张力。

在余华的先锋小说中，叙事的重复处处可见。余华发表的第一篇先锋小说〈十八岁出门远行〉讲述了一个十八岁少年"我"的一次个人远游经历。小说开篇写道："柏油马路起伏不止，马路像是贴在海浪上，我走在这条山区公路上，我像一条船。"[55]随后"我"与一名卡车司机搭讪并坐上了他的车。后来卡车抛锚，一群农民抢掠车上的苹果，"我"奋力保护苹果被打，而司机对这一切竟然视而不见，乘机抢了"我"的背包与那些农民一道坐上拖拉机，扬长而去。小说的结尾，"我"坐在七零八落的卡车上，回忆起"我"出发时的情景："于是我欢快地冲出了家门，像一匹兴高采烈的马一样欢快地奔跑了起来。"[56]读者随同"我"从出发点回到了出发点。在全篇小说中，"我"的远行既没有明确的目的，也没有确定的路线，因此小说弥散着一种永远飘泊的茫然感。余华在开篇与结尾使用了两个表示同一状态的比喻，即"像一条船"和"像……一匹马"，此外文中也写道，一路的风景是单调重复的："我在这条路上走了整整一天，已经看了很多山和很多云。所有的山所有的云，都让我

---

55 《余华作品集》，册 1，页 3。
56 《余华作品集》，册 1，页 10。

联想起了熟悉的人。"[57]这种种暗示使得过去的、正在进行的以及尚未到来的经验，不再具有本质上的差异并且得以重合，使得叙事在原地循环而没有实质上的进展。

中篇小说〈河边的错误〉同样采用了循环的叙事手段。河边连续发生凶杀案。工程师许亮一连两次鬼使神差般地出现在案发现场，警方于是把他作为侦察的主要线索。由于害怕自己又会再次目击凶杀案，许亮最终发疯自杀了。真正的杀人凶手竟然是一个疯子，疯子连续使用相同的方式杀人：用柴刀将人砍死后，就地掩埋，然后若无其事地到河边洗衣服。刑警队长马哲为民除害，开枪射死了疯子，却不得不装疯以逃避法律的惩罚，最终还被关进了精神病院。疯子被除去后，除去他的人成为新的疯子，小说就此戛然而止，但却给人以故事将依此模式循环不尽，绵延不断的感觉。

在写于一九九〇年的〈偶然事件〉中，重复仍是主要的叙事手法。一九八七年九月五日，在一间名为"峡谷"的咖啡馆里，女侍应生正在向顾客媚笑，老板则坐在柜台内侧打呵欠，四周弥漫着万宝路的烟雾，录音机播着西洋歌曲〈吉米，来吧〉。突然，咖啡馆里"一个神色疲倦的男人"捅死了邻座"头发漂亮的男人"，他并没有表现出应有的惊慌和恐惧，反而镇定地向老板借电话，过后更神态自若地走出咖

---

57 《余华作品集》，册1，页3。

啡馆，要求警察将他拘捕归案。当时在"峡谷"里喝咖啡的两个男人，陈河和江飘目睹了这起命案。警察在问话后，两人误拿了对方的证件。陈河在数日后将江飘的证件寄还，两人于是开展了对峡谷凶杀案的讨论。

小说以流水帐般的序列记述了陈河与江飘之间的信件内容以及他们自那起命案后的经历。陈河在信件中一再说服江飘，咖啡馆里发生的，是一起情杀案。他后来还断言，被杀者一定是勾引了杀人者的妻子，杀人者在忍无可忍的情况下将他刺死，并准备与他同归于尽。与此同时，我们也从陈河的日常生活中得知陈河的妻子与别人私通，他曾尝试与其他女人通奸，以此报复，但由于言行笨拙而一再失败；而对妻子的爱使他既不愿离婚，又不能杀害妻子，绝望与愤怒油然而生。与陈河相反，江飘是一个颇有女人缘的男人，他勾引有夫之妇已成习惯。在他的众多猎物中，竟然包括了陈河的妻子。随着两人的信件日渐频繁，江飘开始暴露出自己的隐情，从而引来杀身之祸。

陈河与江飘的书信几乎补白了引发峡谷咖啡馆凶杀案的前因后果，他们各自充当了峡谷命案的一方。最后，当他们相约会面时，又一起雷同的凶杀案发生了。同样是在乌烟瘴气的峡谷咖啡馆，录音机正在播放着同样的歌曲，凶手同样在用刀刺穿了对方的心后，不慌不忙地向老板借电话，并走出咖啡馆外自首。在这里，"峡谷"已成为死亡的象征，成为人们无法逃遁的阴暗裂隙，它使直线的生活发生转向，并变形为一个宿命的怪圈。不同人物沿着命定的路线，走向相同的结果；两次命案相互重叠，小说的结构成环状。总而论之，叙事重复是余华所做出的形式探索努力之一，他通过重复的方式实现了对传统现实主义小说写法的反动。

# 六

**感觉与幻觉的强化。** 如前所述，余华认为所谓真实的本质事实上是个人精神的象征。这是对传统现实主义小说"真实观"的挑战，一种从"客观"向"主观"的转移。所谓客观的独立于个人精神的世界是不存在的，真正存在的，是经由个人精神理解和幻象出来的世界。这是一种罗布·格里耶式的真实。罗布·格里耶认为："在原著的小说里，构成故事梗概的机体的那些对象和姿态完全消失了，而只剩下它们的意义：一张空椅子成了缺席或等待，手臂放在肩膀上成了友谊的象征，窗子上的铁栏意味着不可能逾越……。"[58] 一把椅子是没有意义的，它的意义是个人的精神通过幻想与回忆所赋予的。余华对"精神真实"的坚信不移，反映到了其先锋小说中就成为一种超现实的、梦境般的叙述。这是余华

---

58 罗布·格里耶：〈未来小说的道路〉，收入伍蠡甫、林骧华编：《现代西方文论选》（上海：上海译文出版社，1983 年），页 13。

小说变革中另一个不可忽视的现象。

余华先锋小说超现实的质感主要是通过感觉与幻觉描写的强化建构而成的。所谓感觉从心理学的角度来解析，指的就是人的感官对事物个别特性的反应，它只是单纯的视听或触觉形象，是最简单的心理过程，不具有任何理性内容。因此，一般的作家较少触及到纯感觉的描写，即使有也仅是作为描述各种复杂心理过程的基础；而余华的特点在于，他总是透过小说中精神分裂或心理病态的人物，巧妙地将感觉渗透进常态的叙述中，营造了一种超现实的氛围。例如在〈一九八六年〉中的历史教师在发疯以后，部分地丧失了感知对象的能力，那些原本作为意义单位的对象在他眼中还原为一片原始的感觉。投影在墙上的影子，在他看来是个"使他得以冲出去的黑洞"，[59]小镇成了"一个巨大的障碍"，[60]池塘则是"一汪深绿的颜色"。[61]历史教师完全通过感觉来理解眼前的影子、小镇和池塘，它们并没有进入到历史教师的认知层次里，因此他对它们的认识只停留在这些事物的形状或颜色上。又如在〈四月三日事件〉中，余华对人物感觉向知觉过渡的过程作了一个蓄意的延宕，让人的认识过程在感觉阶段作较长的滞留，造成了一种感觉放大的效应。小说中

---

59 《余华作品集》，册1，页146。
60 《余华作品集》，册1，页151-152。
61 《余华作品集》，册1，页151。

的少年，他的手碰到了一把钥匙，但是他并非马上形成知
觉，而是先有冰冷的金属感觉，过后又觉温暖，最后才达到
对它的认知。对阳光他同样是先感到一片热烈的黄色，然后
才形成一个概念。

　　余华的先锋作品除了融入较多的感觉描写，也突出地表
现了奇异的幻觉，给人以梦魇般的超现实感。例如〈四月三
日事件〉中的少年，终日惶惶不安，对周围的一切异常敏
感，父母、同学、邻居以至不相识的路人，他们的一举一动
都被视为在暗暗地商量着如何杀害他，连那胡同口的颜色也
让他联想到井口，令他毛骨悚然。文中的四月三日事件，实
际上是他被监视被陷害的种种错觉、想象、猜疑、假设、梦
境等虚造出来的幻象。在幻觉的纠缠下，他不但在想象中殴
打那满怀敌意的中年人，还在商店质问那个涉嫌监视他的姑
娘并在白雪家持刀威胁白雪。再如〈一九八六年〉中的历史
教师不断受到各种幻觉的折磨。他长时间地同自己的影子周
旋搏斗，把路人想象为罪大恶极的犯人，在想象中对他们施
行各种酷刑。幻觉是虚幻的感觉或知觉，具体分析，可体现
为幻视、幻听、幻嗅和幻动等。余华的小说每每闪烁着各种
不同的幻觉，如幻视：在〈难逃劫数〉中，森林看到将要遇
害的男孩的后脑勺上出现了"可怕的光亮。"；[62]幻听：在

---

62 《余华作品集》，册1，页188。

〈一九八六年〉中，历史教师的妻子从废品收购站回去后的那个夜晚，"她听到了一个奇妙的脚步声……脚步声从远处嚓嚓走来，……那声音始终没有走到近旁，始终停留在远处。"；[63]幻嗅：〈现实一种〉里的老母亲断定自己的肠子已经彻底腐烂，她"嗅到了腐烂的那种气息，这种气息正是从她的口中溢出。不久之后她感到整个房间已经充满了这种腐烂气息，仿佛连房屋也在腐烂了。"；[64]幻动：〈一九八六年〉的历史教师被关进办公室写交代材料时，"他看到自己正在洗脚，又看到自己正在师院内走着。同时看到自己正坐在这里。"[65]幻觉的强化揭示了一个斑驳陆离、色彩纷呈的超现实空间。

余华将触角深入到人的无意识以便建立其充溢着幻觉的精神王国。当整个无意识燃烧起来后，它所外化出的幻象变得更为丰富，于是我们看到各种魑魅鬼蜮肆无忌惮地穿梭于余华的小说世界里。在〈世事如烟〉中，6 在江边垂钓时撞见两个正在钓鱼的无脚鬼；接生婆半夜被鬼魂领到坟场替女鬼接生，她在回家的路上又遇见算命先生死去的儿子，算命先生的儿子甚至告诉接生婆他正在找寻他住的那间房子。〈古典爱情〉里被肢解的小姐惠在坟墓里长出了新肉，全身

---

63 《余华作品集》，册1，页148。
64 《余华作品集》，册2，页18。
65 《余华作品集》，册1，页145。

是淡淡的粉红，即便那条支离破碎的腿也已完好无损，胸口的刀伤也已无处可寻。生与死的界线在〈现实一种〉中同样变得模糊不清，被枪决的山岗带着半个脑袋回到自己的家，告诉自己的妻子他很饿并向她讨饭票和零钱买早点吃。这些超现实的成分为余华的小说披上了一层光怪陆离的的外衣，冲破了现实主义文学长期对人们思维形成的束缚。

评论家陈晓明在〈后新潮小说的叙事变奏〉一文中，对余华小说中的"幻觉"有一段颇具概括性的结论：

余华始终感觉的是幻觉的状态，"他无端的想象"并不只是对幻觉的解释。它是幻觉的自然延伸，并且预示着他此后的行动别无选择地走入幻觉的纵深之处。余华如此细致地去辨析事物存在的状态，并且大胆解除真实与幻觉之间的界线，把一切的存在及其可能性都直观地罗列出来，这种叙述方式很可能是受到了法国新小说的影响（特别是罗布·格里耶的影响）。"让对象和姿态首先以它们的存在去发生作用"——罗布·格里耶说，"让它们的存在驾临于企图把它们归入任何体系的理论阐述之上，不管是感伤的社会学、弗洛伊德主义，还是形而上学的体系。"尽管罗布·格里耶力图让那些存在事物获得"客观的直观性"，它们在那里，坚硬、不可变，永远存在，嘲笑自己的意义；然而，罗布·格里耶却无法阻止他的那种"客观的直观性"向着幻觉转变的最大可能性。它们并不是坚硬而不可变更的，恰恰相反，它们总是不断向幻觉转化然后才向真实的存在还原。[66]

诚然，余华将大量的幻觉创造性地植入叙述之中，混淆了实存与虚幻，在文本的表层构成了一种色彩斑斓的超现实效果，同时也深化了余华对"真实性"的思考与理解。

与感觉和幻觉的强化相应，余华所采用的叙事语言也发生了变化。余华在〈虚伪的作品〉一文中谈及他对叙事语言的看法：

> 我在前文确立的现在，某种意义上说是针对个人精神成立的。它越出了常识规定的范围。换句话说，它不具备常识应有的现存答案和确定的含义。因此面对现在的语言，只能是一种不确定的语言。日常语言是消解了个性的大众化语言，一个句式可以唤起所有不同人的相同理解。那是一种确定了的语言，这种语言向我们提供了一个无数次被重复的世界，它强行规定了事物的轮廓和形态。因此当一个作家感到世界象一把椅子那样明白易懂时，他提倡语言应该大众化也就理直气壮了。这种语言

---

66 陈晓明：〈后新潮小说的叙事变奏〉，收入张国义编：《生存游戏的水圈》（北京：北京大学出版社，1994年），页87。

的句式象一个紧接一个的路标，总是具有明确的指向。……面对事物的纷繁复杂，语言感到无力时作出终极判断。为了表达的真实，语言只能冲破常识，寻求一种能够同时呈现多种可能，同时呈现几个层面，并且在语法上能够并置、错位、颠倒、不受语法固有序列束缚的表达方式。[67]

与任何一个矢志创新的作家一样，余华在营造自己的小说世界时，必定会受到日常语言的干扰。日常语言是一种理性内容很强的语言，它本质上是一种理性规范。余华认为日常语言是消解了个性的大众化语言，它只能为我们提供无数次被重复的世界，并强行将人的各种经验分门别类纳入固定的系统。一个作家在创作时，若不加考虑地使用这种语言，那么他所要表达的独特的内容和主题将会受到限制，乃至走向常态。因此，余华极力主张小说的叙事语言必须摆脱语义的明确指向，追求一种非确定性语言。所谓非确定性的语言，并不是面对世界的无可奈何，也不是不知所措之后的含糊其词，事实上它是为了寻求最为真实可信的表达。非确定性的语言与确定的大众语言之间最根本的区别在于前者强调对世界的感知，而后者则是判断。[68]

---

67 〈虚伪的作品〉，页 47-48。
68 同上。

在这场小说叙事语言的变革中，余华竭力地开辟一条属于自己的崭新的道路。与余华同为先锋作家的马原、孙甘露、吕新、徐冰等强调的是能指与所指关系的拆解，阅读他们的作品犹如步入一个用语言文字建筑而成的空间却感受不到其意义；在这个空间里，能指的独立性与扩散性被无限地凸现，使读者在惯常的阅读期待落空之后，被迫进入一个荒诞尴尬的境地。相比之下，余华从未刻意消解能指与所指的意义联系，他所重视的，是语言的呈现问题，即怎样突破人们习以为常的语言表达方式，创造出一种由感觉与幻觉构成的超现实主义绘画。譬喻（Metaphor）因此成了余华先锋小说中不可或缺的要素。譬喻是一种图象，是一种通过联想、回忆呈现出具体可感的画面。余华频繁使用的描述性的譬喻手法，基本构成了其小说叙述的主体。纵观余华的先锋小说，我们不难发现余华所采用的譬喻具有一定的独创性与诗意。例如在〈世事如烟〉和〈难逃劫数〉中，余华大量运用诗一样的独特譬喻以强化小说如梦如幻的氛围："窗外滴着春天最初的眼泪"；[69]"五根像白色粉笔一样的手指"；[70]"儿子站在窗下的头颅在她的眼中恍若一片乌云"；[71]"她的梦语如一阵阵从江面上吹来的风"；[72]"一条湿漉漉的街

---

69 《余华作品集》，册 2，页 46。

70 同上。

71 同上。

72 同上。

道出现在 7 虚幻的目光里，恍若五岁的儿子留在袖管上一道亮晶晶的鼻涕痕迹"；[73]"森林妻子将忍耐多时的悲哀像一桶冷水一样朝他倒来"；[74]"那时候呈现在沙子眼中的东山这张脸，如同一张揉皱后又马虎拉开的纸。"[75]余华的譬喻给人以强烈的画面感，显得形象而又具体。余华透过他对语言文字的锤炼将一个亦真亦幻的世界展现在读者的眼前，使读者的想象挣脱传统现实主义文学的缰绳，自由飞驰。

# 七

余华在〈我的真实〉一文中写道，自己"在一九八六年开始写小说以后，就抛弃了传统那种就事论事的写法"，[76]他认为如果按照现实主义社会与集体的视角来看世界，按部就班地把所见所闻复述一遍，"只能写出事情本身所具有的意义，而没法写出更广阔的意义来"。[77]余华强调纯粹以自己的感觉进行书写，他深信文字的功能不是揭示现实社会的真理（因为现实社会根本就没有真理，"它实际上是一片混

---

73 《余华作品集》，册 2，页 47。

74 《余华作品集》，册 1，页 188。

75 《余华作品集》，册 1，页 205。

76 余华：〈我的真实〉，《人民文学》第 3 期（1989 年），页 107。

77 同上。

乱"[78]），而是表现作者自身所建构的精神国度。于是，余华完全从个人的经验与感悟出发，摄取个人精神世界中存在的镜头，根据自己的意图进行组合建构，再用属于自己的语言展示出来。余华这场小说形式与语言的革命使他跃身成为中国文学改革的主将，他于一九八七年至九十年代初期的创作展现出了前所未有的想象力，为当时的文坛注入了全新的生命。

---

78　〈我的真实〉，页108。

# 《故事新编》：语言的游戏

李　敏

## 提　要

　　鲁迅作为一个书写主体，《故事新编》作为一部书写作品，这两个存在通过语言联系起来——《故事新编》是鲁迅的语言游戏。他把民族的集体记忆进行了陌生化，并嘲弄和消解了它似乎与生俱来的合法性与权威性。

关键词：鲁迅、故事新编、语言游戏、戏拟

# 一 《故事新编》是语言的游戏

《故事新编》是鲁迅的第三部短篇小说集，写于一九二二年——一九三五年，出版于一九三六年。共收入小说八篇，按照创作时间，依次是：《补天》（1922 年 11 月）、《铸剑》（1926 年 10 月）、《奔月》（1926 年 12 月）、《非攻》（1934 年 8 月）、《理水》（1935 年 11 月）、《采薇》（1935 年 12 月）、《出关》（1935 年 12 月）、《起死》（1935 年 12 月）。

王瑶说："在鲁迅作品中，《故事新编》是唯一的一部存在它是属于什么性质作品的争论的集子"[1]的确，关于《故事新编》的争论由来已久，不同的学者有着不同的认识：

茅盾早在一九三七年就对其做出了高度评价："用历史事实为题材的文学作品，自'五四'以来，已有了新的发展。鲁迅先生是这一方面伟大的开拓者和成功者，他的《故事新编》，在形式上展示了多种多样的变化，给我们树立了可贵的楷式；但尤其重要的是，其内容的深刻，——在《故事新编》中，鲁迅先生以他特有的敏锐的观察，战斗的激情

---

[1] 王瑶：《〈故事新编〉散论》，《鲁迅作品论集》（北京：人民文学出版社，1984 年），页 177。

和创作的艺术，非但'没有将古人写的更死'，而且将古代和现代错综交融，成为一而二，二而一。"[2]

有肯定，就有否定，在夏志清看来，《故事新编》是鲁迅走向书写没落的表现。即便在当代，也是纷争不断，没有定论：

> 林非、王富仁、陆耀东等说它是"历史小说"，伊凡说它是"以'故事'形式写出的杂文"，李何林、丁尔纲、张仲浦等说它是"新的历史小说"，冯雪峰、薛毅说它是"'寓言式'小说"，李桑牧说它是"讽刺作品和历史小说的合集"，周凡英认为它是"以所谓历史小说的形式写出的直接表现现实生活的讽刺小说"，唐弢说它是"故事的新编，新编的故事"，李希凡说它是"'故'事'新'编"，王黎、韩日新说它是"讽刺性的历史小说"，黄景荣说它是"杂文化的小说"，周全平说它是"以象征主义为主导的借用历史反映现实的象征性历史小说"，刘海军说它是"现代神话"，杜丽莉说它是"精神的自叙传"，姜振昌说它是与新历史主义联系紧密的"杂文体的历史小说"……[3]

以上还只是就其文体归类而言，如果沿用形式和内容的二元观点再考虑其表达的思想就更是不一而足了。"借古喻

---

2　茅盾：《〈玄武门之变〉序》，《茅盾全集》（北京：人民文学出版社，1991 年），第 21 卷，页 283。

3　王吉鹏、臧文静、李红艳：《鲁迅小说研究史》（长春：吉林人民出版社，2002年）。

今"或者"借古讽今"是比较有代表性的说法之一，另有解释"是对传统文化的反讽"，认为《故事新编》从本质上讲即是"对传统文化乃至人类文明的深刻批判和痛切反思的伟大精神的表现，是关怀着民族的精神历史和人类的文明进程而生发的一种永不自满的追求，是从对健康人性观照去识别其异化状态的存在。"[4]

还有学者把《故事新编》理解为"对英雄的常人还原"。正如钱理群在《〈故事新编〉解说》中写道："鲁迅《故事新编》对中国传统中的神话英雄（从女娲到后羿、夏禹）和圣贤人物（从孔子到庄子、老子、墨子以至伯夷、叔齐）进行了重新审视，把他们从神圣的高台拉回到日常生活情景中，抹去了英雄主义和浪漫主义的神光，还原于常人、凡人的本相，揭示了他们真实的茅盾，成功与失败，欢乐与痛苦，并透露出鲁迅内心深处的深刻绝望。对'神圣之物（人）'的这种反思（还原），显示了鲁迅思想的彻底。"[5]

《故事新编》丰富性也正体现在其形式或者主题的多解上，也许对它的解释永远无法穷尽，站在不同的角度就有不同的洞见。

我通过语言的视角所看到的是：鲁迅作为一个书写主

---

4　邓国伟：《回到故乡的原野》（广州：广东人民出版社，1998 年），页 219。

5　钱理群：《走进当代的鲁迅》（北京：北京大学出版社，1999 年），页 135-136。

体，《故事新编》作为一部书写作品，这两个存在通过语言联系起来，《故事新编》是鲁迅的语言游戏。他把民族的集体记忆进行了陌生化，并嘲弄和消解了它似乎与生俱来的合法性与权威性。钱理群指出："面临死亡的威胁，处于内外交困、身心交困之中，《故事新编》的整体风格却显示出从未有过的从容、充裕、幽默与洒脱。尽管骨子里仍藏着鲁迅固有的悲凉，却出之以诙谐的'游戏笔墨'。这表明鲁迅在思想上和艺术上都达到了超越的境界。这是一种真正意义上的成熟。"[6]

他曾对许广平说："你大概早知道我有两种茅盾思想，一是要给社会上做点事，一是要自己玩玩。"[7]他"给社会上做点事"的社会责任已经交给了《呐喊》，而《故事新编》则属于"自己玩玩"系列，是鲁迅的语言游戏，尽管在游戏中他仍然没有摆脱"给社会做点事"的责任感，却换了另外一副截然不同的面具。游戏的态度不仅让他轻松取得了书写的制高点，能揉碎历史、超越现实，而且让他在语言上也获得了极大的自由，纵横开阖、少有束缚。德里达对乔依斯有过这样的评价："他在语言里、在语言上、并通过语言宣战，使语言变成真正的巴别塔。"[8]这话同样适合于鲁

6　钱理群：《走进当代的鲁迅》（北京：北京大学出版社，1999年），页136。
7　鲁迅：《书信·261118致许广平》（北京：人民文学出版社，2005年），页617。
8　王平等：《乔伊斯和鲁迅比较研究：写作和治疗》，《鲁迅研究月刊》2004年第9期，页46。

迅。

在这个语言游戏中，鲁迅以历史文本和历史文学文本作为"前文本"，进行了互文性的写作。他用自己的话语以自我的主体性重新建构了新的历史（或者文化）文本。同时，他作为书写主体的介入，通过反讽和戏仿的手法使"历史文本"和"文学经典文本"显示了某种裂痕：文本是由话语建构的，历史人物的某种形象也是由话语建构的，人人都可以来书写，来建构。换句话来说，鲁迅以自己的语言游戏提醒了读者：历史文本（包括历史和文学）是语言的游戏。游戏意识的渗透，进而带来两个后果：其一、由此动摇了对历史某种模式化的既定理解和盲信；其二、对于历史而言，个人的主体性得到了放大和刺激，个人可以介入历史，通过语言。这是在两个向度对语言发力：一是解构原有的模式的语言书写；二是运用语言自己来参与，来书写。利奥塔从语言游戏的角度阐述了文学具有满足快感的功能："不断的发明句式、词汇和意义，这在言语层面上促进了语言的发展，并且带来巨大的快乐。"[9]在《故事新编》里，你随处都能听到语言敲碎历史的叮当之声，游戏的快感随之而来。

"他的历史小说不偏重于历史与现实任何一方，而着眼于二者之间的临界点，通过现实生活情节的介入，用小说的

---

9　弗朗索瓦·利奥塔尔著、东櫂山译：《后现代状态》（北京：三联书店，1997年），页18。

叙述对历史进行重新建构，从而实现了对在历史积淀中形成的具有神圣性及崇高意义的观念、人物、历史话语的消解。"

[10]不是着眼于"历史和现实"的临界点，而是通过历史和现实的杂糅，通过语言放大了历史和现实之间的裂痕，让人怀疑历史之真和现实之真。罗兰·巴特说：文本最具诱惑力的地方是断裂处的"两个边缘之间……"[11]让读者在历史和现实的混合状态里思考"真实在哪里？"同时，凸显了语言书写的建构性。小说这种文体本身固有的虚构性提醒读者：对书写内容进行怀疑，或者直接肯定了内容之假。后退一步，可以继而思考：鲁迅的书写是假的，别人的书写就是真的吗？难道别人不会和鲁迅一样根据自己个人的需要去书写历史吗？承载着传统文化的所有文本（历史文本和文学文本）都可以由此而受到质疑。在普遍的质疑中，传统文化的历史书写和文学书写的稳固性因此被撼动。

## 二　戏拟

在《故事新编》中，鲁迅主要运用了戏拟的手法实现文

---

10 江腊生：《穿行于解构和建构之间的艰难之旅》，《名作欣赏》2007 年第 12 期。

11 Barthes R., *The Pleasure of the Text*, Translated by Richard Miller, Oxford: Basil Blackwell Ltd, 1995: 34-35.

本的互文性。

戏拟这一概念是由热奈特在文本间性的框架中提出的。热奈特认为"超文的具体做法包含了对原文的一种转换或模仿，先前的文本并不被直接引用，但多少却被超文引出，……派生的两种主要形式是戏拟（paro-die）和仿作（pastiche）。……戏拟对原文进行转换，要么以漫画的形式反映原文，要么挪用原文。无论对原文是转换还是扭曲，它都表现出和原有文学之间的直接关系。……其实，戏拟的目的或是出于玩味和逆反（围绕超文加以讥讽），或是出于欣赏；戏拟几乎总是从经典文本或是教科书里的素材下手。"[12]纳博科夫说："讽刺是一堂课，戏拟是一场游戏"[13]

吉尔伯特·哈特认为"戏拟是讽刺的主要表现形式之一……是通过扭曲和夸张来进行模仿，以唤起人们的兴致、嘲弄和讥讽。"[14]

巴赫金对戏拟作了深入的阐释："它可以戏拟别人的语言风格，也可以戏拟他人文本中典型的社会语言或个体语言，戏拟其观察、思考和言谈的风格……它既可以仅仅戏拟表面的语言形式，但也可以戏拟他人语言深刻的组织原

12 蒂费纳·萨莫瓦约著、邵炜译：《互文性研究》（天津：天津人民出版社，2003年），页42。

13 拉基米尔·纳博科夫著、潘小松译：《固执己见》（长春：时代文艺出版社，1998年），页48。

14 [美]吉尔伯特·哈特著、万书元、江宁康译：《讽刺论》（南宁：广西人民出版社，1990年），页58。

则。"[15]

概括一下上面的定义和解释我们可以得出如下结论："戏拟"实际上是一种具有特殊性质（倾向于破坏）的模仿，同时产生滑稽可笑的效果，即戏虐性。既然是模仿，当然就内在地包含着这样一个前提，即先前存在着一个被模仿的对象，"互文性"理论将这个对象称为"前文本"，它囊括人类已有的历史文化经验和意识形态观念等有形无形的东西，具体到小说文体来说，它的题材类型、情节结构、情景描绘、人物形象与思想主题等层面无不包含于其间。说"戏拟"具有特殊性，那是因为它首先是作为一种模仿而存在，即当前文本是对"前文本"的有意识模拟；与此同时，在这种有意模拟中又渗透着某种与前文本旨趣迥异的、全新的立场与意向。也就是说，"戏拟"以"拟"（模仿）为基础，以生成崭新的、具有戏谑性的否定意味为核心。

戏谑性意味的生成离不开"前文本"奠定的阅读期待基础，我们且以叙事文学中的结构（前文本之一种）为例，来说明阅读期待的生成过程。我们知道，结构具有连接与安排故事单元的作用，一个故事可以拥有多个展示它的结构方式，在这众多方式中，经过不断的完善与丰富，总存在着一个为读者广泛接受，被实践证明是最成功的方式。当这一结

---

15 Mikhail Bakhtin. *Problems of Dostoevsky's Poetics* (Ed and trans. Carly Emerson ), Minneapolis: University Press of Minnesota.1989: 194.

构方式经由小说家在实践中的不断强化运用，原本的结构方式就渐次转化成为某种模式，成为小说家叙述某类故事时的优先选择。从独具特色的结构"方式"到被普遍接受的结构"模式"，在作者是个反复运用以叙述故事的过程，在读者则既是个反复消费和接受的过程，同时也是一个"惯例的预期"（期待视野）由萌生而形成的过程。

戏谑性效果产生的机理在于，当前文本在外部形态上承袭了前文本的主要特点，在内部构成上也具有它们的某些构成要素，叙述（或者描写等等）也基本按照读者预期的程序展开，而在这一系列的一致背后，其深层意义却是要对前文本的传统意旨进行瓦解，或者说，要对已成惯例的审美情感与观念倾向进行颠覆与否定。小说家利用人们在反复强化中生成的期待心理，故意反其道而用之，让读者的阅读期待在接受的过程中不断生成而又不断落空，在如梦初醒、醍醐灌顶般的艺术冲击力面前领悟当前文本全新的内涵。

《故事新编》中的戏拟主要表现在以下几个方面：

（1）人物戏拟。在《故事新编》中，人物戏拟主要表现为将历史上已经被定格化的偶像人物进行"降格处理"，褪去他们身上神圣的光环，将其戏拟成传统文化中人们所不齿的小丑式人物，竭尽嘲弄调侃之能事。这种情况主要表现在庄子、孔子、老子、伯夷、叔齐等人物身上，甚至连大禹、墨子这样的正面英雄亦不免被调侃。

　　《起死》是对庄子的戏拟和重写，写作指向是解构，展现了古代虚空的哲理面对现实时空的错置之下的苍白和无力。道家文化是中国传统文化中很重要的一极，与儒家形成互补之势，是中国传统文人的内在人格的重要构成部分。其主要的观点是：强调人进行内心修为，提倡"无为"、"齐生死"、"无是非"，以达到对现实的超越，强调回归"自然"，而要消灭的是人的"生命意志"。鲁迅对庄子的故事进行了另外的一种书写：一出场，庄子的形象就很落魄："黑瘦面皮，花白胡子"、"口干舌燥、四处找水"，这和历史中赞叹大鹏"扶摇直上九万里"意欲逍遥游的模样完全是两个版本。口一渴，就感叹不如化为蝴蝶，庄周梦蝶的深奥哲理在刹那间被瓦解殆尽，成为轻飘飘的感叹一掠而过。文中的庄子言行不一，嘴里说着："活就是死，死就是活呀"，然而，当他面对一个骷髅是时候，却唤来"司命"，让他给骷髅还魂，让骷髅活过来，"……死在这里了，真是呜呼哀哉，可怜得很。所以恳请大神复他的形，还他的肉，给他活转来，好回家乡去。"庄子的这些话分明的自相矛盾：既然"死就是活"，死了为什么还要给他活过来呢？二者不是一样的吗？既然是一样的，还怎么可能变来变去呢？显然，承认了二者的不同，才能有"活转"来的想法。这样通过对比，轻易就显露了庄子思想的自我矛盾性。他承认了"死"不同于"活"，"活"了才能"回家乡去"，自我颠覆了"齐生死"。如果说，庄子的茅盾在自己的话语里已经显露，言和行在互相拆解的话，由骷髅复活后的汉子，则让他更是难堪不已。当汉子要衣服穿时，庄子不脱自己的衣服给汉子，并且发表了一番哲学演说："衣服是可有可无的，也许是有衣服对，也许是没有衣服对。鸟有羽，兽有毛，然而王瓜茄子赤条条。此所谓'彼亦一是非，此亦一是非'，你固然不能说没有衣服对，然而你又怎么能说有衣服对呢？"[16]说了"无"再说"有"，肯定"无"再肯定"有"，"此一时彼一时"！这样的话语没有价值取向，不提供任何信息，不表达任何态度，庄子话语的"废话"性质很快就通过汉子的反应折射了出来：他捏了拳头，要揍庄子："放你妈的屁！不还我东西，我先揍死你！"于是，慌乱之中，庄子威胁再把汉子还回"死"，结果，唤了半天，司命也没有出现，在和汉子的撕扯中，吹响警笛，闻声赶来的"巡士"帮他解了围。庄子从赤条条的汉子手里挣脱，衣服是保住了，形象却很是难堪，其哲理说教在汉子举起的拳头下宣告了其苍白无力。面对现实的问题：汉子的如何活，从起码的衣服开始，庄子都是没有办法的，这就暗示着他的理论对于生活的人来说，没有任何用处。在生存的呼唤里，其理论不能与之应和。庄子由此被拉下高高的圣坛，黯淡了

---

16 鲁迅：《故事新编·起死》，《鲁迅全集》（北京：人民文学出版社，2005 年），第 2 卷，页 490。

身后的光环，在自我解构中走向了尴尬。在戏剧一样的场景里，鲁迅改写了庄子的形象。

值得注意的是，鲁迅在对历史人物和传说人物进行戏拟的时候，其结局的设置是耐人寻味的。女娲独自一人辛苦补天，最终献出自己，没有了呼吸。然而她并没有得到应有的尊重，人们反在她的尸体上争夺，成为派别争斗的工具；《奔月》里终日辛苦狩猎的后羿并没有飞升，自私的嫦娥却吞食了长生不老药，背叛诺言，自己成了仙；《理水》里敢于坚持自己的看法，力排众议，三过家门而不入的大禹终于治水胜利了，然而在胜利之后，他放弃了自己，却向自己的对立面靠拢"祭祀阔绰"、"上朝的衣服漂亮"，他最终还是回到了大多数那里，被体制化了；《采薇》中伯夷和叔齐最后死掉了；《铸剑》中复仇者和仇人终要同归于尽，还要黑衣人也献出自己的头；《出关》中的老子在黄尘滚滚中远去，不知所终；《非攻》里墨子为了弱者为了大义而奔走，最终被搜被检被募捐，淋雨又鼻塞，狼狈而落魄；《起死》中庄子的狼狈，简直是落荒而逃。

"从女娲、黑衣人、羿、墨子、大禹到伯夷、叔齐、老子、庄子，鲁迅起初憧憬的崇高终不免为滑稽所替代。《故事新编》如此的结局现象实为黑格尔称作的"历史的讽刺"：历史文化都曾不可避免地从崇高向滑稽、从悲剧向喜剧转化。不过，这样的结局或许比鲁迅原初的创作意图具有更强烈的历史与美学的意味。"[17]对于《故事新编》，鲁迅在创作之初，根本就没有所谓塑造"崇高"的意图，相反，他的"取一点因由，随意涂抹"，倒是为了消解崇高，至于陷入油滑，可能也是作者所始料不及的。《故事新编》更不符号黑格尔的"历史的讽刺"，不能把历史文化划归到简单的悲剧或者喜剧里，它的形式可能是喜剧式的，然而在笑的背后我们可能要感觉到"冷"，感觉到"泪"，是悲剧的震撼或者空旷。

（2）对人物语言的话语戏拟。鲁迅在运用话语戏拟的时候，主要采取了两种错位策略："时间的错位"和"社会阶层"的错位，从而达到滑稽的效果，并且解构了元语言的所谓"严肃和一本正经"，同时质疑了其既定存在的真实性。也就是让古代的人说现代的话，把大量的现代词语放置到小说中的人物身上，从语言开始，产生时空错位。"在《故事新编》中，小说家'玩弄时间'的精采表演开解了更多的可能性：古今杂陈，混淆历史与小说与杂文的分界，将滑稽与深刻无以伦比地结合起来，用对古人'不诚敬'的方式使之活泼……以及一切都打上引号加以推敲和嘲讽的策略。"[18]读者在古与今的交叠中发现文本的书写任意性，然后拉开和

---

17 聂运伟：《试论〈故事新编〉中的结局现象》，《湖南大学学报》1998 年第 2 期。

18 黄子平：《革命·历史·小说》（香港：牛津大学出版社，1996 年），页 130。

历史的距离。另外，对于人物语言的象声戏拟也是鲁迅的创造。下面我们结合文本分别对此进行具体分析：

社会阶层的错位戏拟：比如在《补天》中，小东西在陈述共工与颛顼之战的过程时使用了极其晦涩的官方话语："颛顼不道，抗我后，我后躬行天讨，战于郊，天不佑德……"——这是共工一方的话语；"人心不古，康回实有豕心，觊天位，我后躬行天讨，战于郊，天实佑德……"——这是颛顼一方的话语。交战双方的话语形式都是模仿《尚书》一类古书的文字。《尚书》里面的话语绝非平俗的百姓用语，而是君王的用语。小说中却把这样的话语放置到了"小东西"的口中说出，使其在使用中的高阶层性降格，在降格使用中让人感觉到极度的不协调，产生了滑稽的效果，其庄重、神圣的言说格调因此被颠覆，不再有高高在上的威慑力，相反，变成了对自我的嘲弄和戏虐。

其次，时间的错位戏拟：

《理水》中的远古学者满口的"古貌林"（good morning）、"好杜有图"（how do you do）、"古鲁几哩""ok"，鲁迅没有让他们讲英语，而是把英语音译成了汉语，完成了一个英语汉语化的过程，突出了他们作为英语语言使用者的异化身份，表现了学者对西方文化的仰慕，这种戏仿一方面讽刺了现代盲目崇外的心理，另一方面解构了古代学者的经典形象：不再是皓首穷经的、学富五车的高高在上的可敬模样，鲁迅让他们显得滑稽、可笑。"遗传学"的现代生物知识也可以出自古代学者之口，只是他们的理解是"阔人的子孙都是阔人，坏人的子孙都是坏人——这就叫作'遗传'。"如此荒谬的言论凸显了古代学者的可笑嘴脸和可怕的无知。

以上是借今讽古的例子，当然也有很多借古讽今的例子。鲁迅的写作从来就不曾离开"当下存在"的核心。民国的募捐多如牛毛，政府机构往往以光灿的名义、利用了人们的同情心骗取钱财，募捐来的钱最后去了哪里并不知道，鲁迅在《理水》里对此进行了戏仿，把募捐放到了古代去："卑职可是已经拟好了募捐的计划，"、"准备开一个奇异食品展览会，另请女丑小姐来做时装表演。只卖票，并且声明会里不再募捐，那么，来看的可以多一点。"募捐不仅多，而且无处不在，《理水》里募捐后，在《非攻》里墨子又碰上，"走近都城，又遇上救国募捐队，募去了旧包袱。"鲁迅借墨子的尴尬经历，顺便又把募捐讽刺了一把。

古今杂糅，是鲁迅常见的手法，也是他进行戏仿的参照，在"古"和"今"之间他能来回编织，应对自如。《奔月》中的"去年就有四十五岁了"以及的"若以老人自居，是思想的堕落""你真是白来了一百多回。"等语都引自高长虹的一篇文章《1925 年北京出版界形势指掌图》，该文许多内容对鲁迅进行了诽谤、谩骂。鲁迅在在一九二七年一月十一日致许广平的信中说："那时就作了一篇小说和他（指高长虹）开了一些小玩笑。"于是，小说《奔月》产生。《奔月》中很多内容是转述当年高长虹诽谤鲁迅的语言，而这些语言分别出自小说中的逢蒙、嫦娥之口。把现代人说的话放到古代去，场景错置，产生了一种调侃、讽刺的效果。另外逢蒙和后羿的关系又暗指"高长虹和鲁迅"的关系，那么，知道逢蒙故事的人自然就明白了，在鲁迅和高长虹的事件里，高长虹到底扮演了一个什么样的角色。逢蒙是我国古代善射的人，传说是后羿的弟子。《孟子·离娄》里有逢蒙射后羿的记载："逢蒙学射于羿，尽羿之道；思天下惟羿为愈已，于是杀羿。"为了成为天下第一，逢蒙不惜杀害自己的师傅，如此恩将仇报、狭隘、追逐虚名的逢蒙就影射了高长虹，所谓，鲁迅讲的给他"开了个小玩笑"。

从话语的表达形式上看，值得一提的还有象声戏拟和文言戏拟：

象声戏拟：《补天》里的"Nga! Nga!""Akon, Agon!"是用拉丁字母拼写的象声词，是女娲造的小东西们最早发出的声音，可以理解为纯粹的语言，天然的发声，随着生命的诞生而降临，是没有被污染的原初的语言，这种象声的戏拟是鲁迅的创造，这种象声也代表了语言的纯粹。在这种天然的纯粹的表达里，女娲充满了赞叹："阿阿，可爱的宝贝。"女娲动手去碰小东西的脸，于是，小东西们笑了：

"Uvu, Ahaha!", 他们在纯粹发声中的真实表达感染了女娲, "这是伊第一回在天地间看见的笑, 于是自己也第一回笑得合不上嘴唇来。"纵观全文可以发现, 这是女娲和她所造的人的第一次沟通, 也是唯一一次的沟通, 在语言没有被污染之前。接下来, 在女娲和所造的人的交流中, 作者采用了文言文, 女娲再也不能听懂。

文言戏拟:《补天》中, 天塌后, 人求救的话语: "救命……臣等……是学仙的。谁料坏劫到来, 天地分崩了。……请赐蚁命……""臣等"体现了君王统治下的封建等级, 这是女娲所不能理解的, 有"君"才有"臣", 新词汇的出现反映了社会变化和由这种变化带来的新文化。"蚁命"是君贵民轻的体现, 也反映了仿佛蚂蚁一样活着的人的生存状态, 这怎么能是女娲可以了解的呢? 女娲和人的第二次交流以失败而告终, 因为语言已经堕落, 而她还在原初的纯粹里。人和女娲已经分离, 在不同的语言世界里相隔甚远。彼此不通倒也罢了, 人还试图僭越, 利用语言来要求女娲, 规范她的言行。"顶长方板的"给了女娲一条竹片, 同时背诵上面所写的内容: "裸裎淫佚, 失德蔑礼败度, 禽兽行。国有常刑, 惟禁!"这是一套看似义正严词的道德话语, 指责女娲的裸体, 女娲随手把它扔掉, 然后点火, 烧。因为"伊本知道和这类东西扳谈, 照例是说不通, 于是不再开口。"英雄的寂寞从语言开始。女娲在一次次语言交流的尝试里感觉到了失败，对于自己所造的人由开始的喜欢到了厌烦，甚至生气，最后是不开口，不说话，看来似乎绝望了。

从本质上来看，是一种破坏性的模仿，它解构旧文本与重构新文本。鲁迅把神话传说或者历史文本，进行了新的书写，驱散了传说人物和历史人物身后的耀眼光晕，通过戏仿，颠覆了某种历史书写的虚构，对他们进行了人的还原。这种还原不是目的，颠覆历史中的人物形象的神圣性才是目的所在，引起读者思考人物背后的文化之真伪才是目的所在。历史人物是被历史书写建构的，要认识到其片面性和书写之主观性，鲁迅通过自己的戏拟手法进行拆解，也是展现，由此，拉开了和历史的距离，使得我们对历史的解读有了另外一种思维。也就是说，他通过自己的写作告诉我们：历史的书写建立在过去形式（个人的或历史的）的局限性的基础之上，相对于现在而言，已经明显地过时了，我们需要对此进行思考，进行颠覆和解构。

另外，戏拟不仅是一种手法，还是一种精神。在小说《塞·奈特的真实生活》中纳博科夫曾说过戏拟是"作为一种跳板，向最高层次的严肃情感跃进"，这种"最高层次的严肃情感"我们结合作家本人的个性理解为艺术的独创性。跳板是作为一种技巧而言，而情感则指向一种精神倾向。

概括来讲，戏拟精神包括：自由、创造（重构）、反叛

（对前文本的断裂）。戏拟精神是一种主体介入的自由，这种自由体现在对于前文本或者传统文化的超越，而不是受其束缚。戏拟的实现超着两个向度挺进：一是对前文本的自觉解构和颠覆，一是对于属于书写主体自己的新文本的建构。所以在向度上看，它不但指向"他者"（传统与同期的其他作家），还反观自身。他有能力指向他者，对于他者书写进行着无情的拆解，同时，又有自身的参与创造，这种创造和他者完全是相反的。如果说鲁迅是一个"怀疑论者"，恐怕没有人反对，正是这种怀疑精神，才能使他和外在于自身的世界保持距离，如果说鲁迅同时是一个"虚无主义者"，恐怕还有所争议。对于希望和绝望此消彼长的纠结，始终在鲁迅心头辗转。恐怕，更多的时候他体验到的是绝望，绝望是对生存确定性的取消，是存在者无法肯定其存在的痛苦，它最后的指向必然是这样的思考：生命是否还有意义？如果没有意义，那么我们所面临的是否就是虚无？我想，鲁迅是从绝望逼近虚无的。正是终极的、虚无的认识才能让一个人获得勇气，同时获得对历史的、现实的超越。而一切权威，在虚无者看来是多么虚伪和短暂，对权威的嘲弄和消解就是信手拈来的超然。鲁迅应该是在"怀疑"和"虚无"的思想铺垫上，才有了精神的超越，油滑就不自觉的流露在弊端，戏拟才会成为他的选择，才有了游戏的写作，有了《故事新编》的诞生。

# 新马潮人作品中之地方特色与历史关怀

## ——兼论其教学

张慧梅

## 提 要

　　文学作品是作者生活体验及真实情感的反映。现代文学的教学，着重于培养学生的文学感悟和分析能力，以作品内容的赏析为主。然而，身处不同时代的作家作品背后，有特定的人文及历史关怀。在新马两地，有不同籍贯的作家。他们的文学作品，反映出一定的地方特色。因此，本文将选取二战后二十年（1945-1965）部分潮籍作家的文学作品（包括诗歌、散文、小说），剖析这群特殊背景的作家作品中所呈现的地方及历史元素，并进一步探讨现代文学的分析与教学。除了关注主流作品及作品内容的赏析外，也可以通过分析一些边缘作品，理解作家的特定背景、所处的时代对文学书写的影响。这些作品反映的不仅是文化，也是历史。因此，在进行这些文学作品的教学时，可以同时融合其他学科

（如历史）的教学，在提高学生华文文学能力的同时，也可以培养学生的文化、历史素养，并对所处社会历史发展进程有所关怀。

**关键词：潮籍作家、边缘、历史、文化**

# 一 前言

　　文学作品是作者生活体验及真实情感的反映，在现代文学作品的教学方面，教师通常从几个方面入手：作者生平、作品写作的时代背景、作品内容的分析，强调作品的内容与作者经历及写作的时代背景紧密相关。这一类的文学作品教学与赏析以著名作家作品为主，如鲁迅、朱自清等名家的作品。不可否认，名家作品具有一定的典型性及时代性，但也无法全面展现社会的各层面。主流作品反映的只是特定时空下的某个社会缩影，具有一定的局限性。而除了一直以来备受关注的主流作品外，还有大部分的边缘作品。这类作品由不同区域、不同籍贯、不同生活经历的作家所书写，由于这部分作家默默无闻，因此长期以来，他们的作品也不被关注。然而，对于边缘作品的解读及分析，可以了解到另一个可能被忽略的社会层面。其折射出的不仅是文化，也是历史，是特定历史时空的写照。因此，本文拟选取二战后二十年（1945-1965）部分潮籍作家的作品，解读作家特定的社群背景、移民经历及所处的时代对其文学书写的影响，从中也探讨如何结合历史教学对这部分作品进行赏析，培养学生的文化、历史素养。

## 二　潮籍作家作品中的思乡情结和本地情怀

　　二战后的二十年，无论是中国或者新马，在社会、政治制度等诸方面都发生了重要改变。作为新马社会重要社群之一的潮人社群，也在这一时期经历着思想的冲击与认同的转变。一方面，他们对于祖国——中国仍有割舍不掉的情感，另一方面，社会与政治的变动又使他们不得不逐渐融入侨居国。这种身份的矛盾与情感的纠结，在这一时期潮籍作家的作品中明显的反映出来。他们的作品包括小说、诗歌、散文等，他们以自己的笔抒发自己的情感。在不同的时期，这些作品呈现出不同的情绪与关怀。在他们的笔下，故国、家乡总是成为一个永恒的主题。对于故国的怀思，对于家乡的眷恋都不时浮现于潮籍作家的作品中。通过潮籍作家的一些诗歌，可以看到这种情绪的显现。

〈海上〉

海上浮起了千万的白色浪涛，

海鸥翩翩地上下优游，

苏门答腊海面瞧不见故国的秋！

听说昨夜的风已来自东北，

晴朗的太空也好像有点担忧，

今天海面上望不见胆小的渔舟！


落日浸着如梦的远山，

恶劣的乡思深锁在沉闷的船窗里，

苏门答腊海面依然瞧不见故国的秋！


〈吹落叶儿几多片〉

昨夜西北风，

吹落叶儿几多片？

推窗细看，

冷清清的小巷里，

一个老妇人，

弯着腰儿扫落叶。


枯黄的落叶，

撩起了无限乡愁，

给我无限的惆怅。

几次淡淡的梦中，

梦见了故国秋天，

伴着耕牛和牧童，

踏遍半山红叶，

笑数天际归鸦——

一点，二点……


昨夜西北风，

吹起了漫长的回忆——

一年，二年……。[1]


　　上引两首诗歌是出于同一潮籍作家陈白影的笔下，其表达的都是深深的思国思乡之情。"恶劣的乡思深锁在沉闷的船窗里，苏门答腊海面依然瞧不见故国的秋！"和"几次淡淡的梦中，梦见了故国秋天，"都表现出了作者对于故国和家乡的深切思念之情，梦国与梦乡之情无法割绝。对于移居海外的人来说，遥远的家乡只能出现于他们的记忆中、梦中。

　　除了对故国、家乡有着深深的思念外，生存于新马本地，有部分潮人对于居留地也会产生感情，这一方面是出于对华人本身利益的关注及争取，另一方面则是由于长期居留于此，日久生情并有所倾心，从而引发对于该地发展的感慨与希望。部分诗歌中也传达了这些感情。

---

1　陈白影：《陈白影诗集》（香港：激流书店，1955 年）。

〈新加坡河，我们的母亲！〉

　　新加坡河，我们的母亲，

　　　你这苦难的化身！

　　　在没有向你倾诉之前，

　　　让我赞美一下你的精神。


　　　你呀，以你滋养的乳汁，

　　　　喂哺着你怀里的我们；

　　　　我们是多么热爱着你，

　　　　母亲，你这苦难的化身！


　　　我们不因你的穷困而羞耻，

　　　　你是我们唯一的亲人；

　　　天下哪有不爱母亲的儿女，

　　　　我们不想那猫头鹰的强横。


　　我们只想怎样把你拥得更紧，

　　　　只想怎样把你爱得更深；

　　　　为表示全心对你的敬爱，

　　　我们愿为你走进死亡之门。


　　　我们呼吸着你的气息长大，

虽然你的气息恶臭难闻；

我们已习惯了这种养料，

也准备好回答人家对你的疑问。

　

呵，新加坡，我们的母亲！

你并非出自名门；

也没有得到先人的半点遗产，

一切全靠你自己挨苦振奋。

　

时间已是很久很久了，

你经历着无数的艰辛；

只是默默地工作，

不企图人家的一个反应。

　

你痛哭，你也微笑，

只是不作那弱者的呻吟；

你是那么倔强，

最痛恨人家给你的怜悯。

　

呵，母亲！你从不感到孤独，

而且更充满自信；

你寄予我们的希望是无限的，

儿女的生命就是母亲的生命。


　　哪有英勇的儿女，
　　不先有英勇的母亲；
　　母亲和她的儿女呀，
　　　就像那形和影。


　　母亲爱她的儿女，
　　就如人家爱黄金；
　　儿女爱她的慈母，
　　好比人家爱白银。


　　我们死也不愿离开你，
　　母亲，你这苦难的身心！
　　我们要永远厮守着你，
　　不做那忘恩负义的飞禽。


　　那是怎样的一些日子呀，
　　敌人的铁蹄踏在母亲的肩上！
　　凶残的强盗们到处奸淫掠夺，
　　　不许你的儿女有一声呼喊。

从此，太平洋的柔波，
变成了一片泪潮血浪；
每一寸富饶的土地，
充塞着贪婪的豺狼！


使生平最倔强的母亲，
也不免声声哀叹：
哀叹这空前的浩劫，
哀叹这人世的悲惨。


还有更悲惨的事情也发生了，
那是一个黑黝黝的晚上——
一个儿子在母亲的怀里仆倒下去，
母亲的眼泪望土地直淌。


但是正义是杀不完的呀，
每个儿女都为保卫母亲而抗战；
这抗战展开自城市，自森林，
自每一颗热血澎湃的心上。


苦度了一千四百多个黑暗的日子，
我们终于重见那新生的太阳；

儿女跳跃，母亲欢欣，
以为从此永别了苦难。


然而当我们自一个幸福的梦中醒来，
眼前出现的又是一个苦难的大海；
于是掉头猛敲那幸福之门，
哪知道怎样敲也敲不开！


到底在耍什么魔法呀，
母亲，怎么你全不理睬？
你坚忍的精神难道已经涣散，
不然怎么合起眼盖？


你不能抛弃你的儿女，
更应该鼓舞你的心爱；
呵，也许你昨夜的梦太美了，
到现在还没有醒来。


不，不，你还是安睡吧！
你将受不了这偌大的悲哀；
母亲最不忍看的是亲生的儿女，
一个个地惨遭迫害。

多少亲爱的兄弟们，

就这样从母亲的怀里强被拉开；

别时他们的眼睛喷射着仇恨的火：

"为着苦难的母亲，我一定要回来！"

沉睡的母亲呀，

你这苦难的化身！

你吞咽着百多年来的耻辱，

更吞咽着百多年来的仇恨！

呵，母亲！我们吸着你的气息高大，

我们吮着你的乳汁长成；

只要我们还活着一日，

便将一日吓退人家对你的疑问！

今天，在你们庄严的纪念碑前，

多少颗心在苦味着悔恨之羹；

而全世界归于良知统治的人们，

也噙满着同情之泪。

啊，不幸之灵呦。安息，安息！<sup>2</sup>

---

2　钟祺：《自然的颂歌》（新加坡：南大书局，1956 年）。

〈不合理、要反对〉

我们的祖父"卖青单"

我们的父亲搭帆船

我们的船票八百万

数代都做南洋人


祖父来开荒

父亲来建筑

轮到我们来

人家不喜欢


荒已开拓完

摩天楼已建筑好

你要干什么

严厉限制不放宽


入境又有新法令

呈准劳工司

再请移民厅

无银压底不应承


白皮书　蓝皮书

总是换汤不换药

我们要的是面包

偏给我们大石头


祖父成骨灰

父亲归泥土

血汗化云烟

我们在受苦


先人业　后人得

我们先人流血汗

我们后人无所得

应争取　勿缄默


不合理　要反对

人人有权来过问

民主自由和平等

大家通通有一份[3]


　　与上面所引的几首诗不同的是，这里的两首诗主要是以

---

[3]　选自方修编：《战后新马文学大系——诗集》（北京：华艺出版社，2001 年），
　　页 7-8。

新马本地为视角及切入点。〈新加坡河，我们的母亲！〉是
以新加坡河为象征，借代新加坡，并将新加坡比作自己的母
亲。对于新加坡母亲惨遭战争之蹂躏、摧残的遭遇表示同
情，同时也表明自己至死忠于这片国土的决心。〈不合理、
要反对〉则是控诉对政府政策的不满，例如对于入境的限
制、各种对华人不利的政策白皮书、蓝皮书等，这些都是现
实的反映，也反映了华人在本地社会默默奉献却倍受排斥，
无法融入当地的困惑。

上文所引的几首诗歌中，〈海上〉和〈吹落叶儿几多
片〉出自陈白影之手，〈新加坡河，我们的母亲！〉出自钟
祺之手，〈不合理，要反对〉则出自桃木之手。这三位作家
都出生于中国广东潮州，之后南来新加坡，也都曾活跃于新
加坡文坛。陈白影曾任职于新加坡星洲日报社。一九三四年
初，他常有小说和散文在《晨星》和《文艺周刊》等副刊发
表。他的作品，描写细致，善于营造气氛，颇具吸引力。一
九三七年之后，几乎只有诗作发表。一九五九年五月，香港
激流书局为他出版了《陈白影诗集》[4]，上引的两首作品就
是出自这本诗集。钟祺曾任职于爱同学校、南洋大学及义安
学院；一九六八年毕业于义安学院中文系，是"新诗月报"
创刊人之一，曾任"新社文艺"主编。一九七〇年，参与

---

4　马仑：《新马华文作家群像》（新加坡：风云出版社，1984 年），页 18。

《新马华文文学大系》的编辑工作。他的著作有诗集《自然的颂歌》、《土地的话》、《英雄赞》；评论集《中古诗歌论丛》、《谈谈诗歌创作》；小说散文集《鼓舞》；四幕剧《黎明之前》等。[5] 上引作品出自《自然的颂歌》。桃木南来之后曾在商界做事，二战后初期离开返回中国。在新加坡期间，他先后在吡叻的《大众副刊》、新加坡的《新路》、《新光》、《狮声》、《南洋周刊》、《世纪风》、《文会》等文艺副刊发表作品。曾任《南侨日报》文艺周刊编辑。一九四〇年春，他曾积极地提倡"诗歌大众化运动"，同时主持吼社借《文会》副刊出版的《大众诗歌专页》编务。[6]

从上述三位潮籍作家的背景可以看到，他们都来自中国广东潮州，不论是最后留下来还是最终回到祖国，他们都曾经在新马生活过一段时间，并且曾活跃于新马的文坛。这样一种经历，使得他们同大多数南来的新马潮人一样，一方面对家乡有一种熟悉感，另一方面又习惯于新马本地的生活。而作为作家，家乡和新马本地都成为他们书写的对象。例如，陈白影的两首诗都借用"故国的秋"这一伤感的季节，来衬托他思乡的惆怅之情。钟祺的诗则是将"新加坡河"拟人化为"母亲"，借以表达作者对居住国陷入敌人蹂躏状况的悲痛之情。桃木的诗则更直接的表达出华人想融入居住国

---

5　同上，页96。
6　同上，页224。

却遭受不平等对待的不平之情。这或许也是为什么作者最后
选择离开居住国，重回祖国的原因。

因此，通过上述的一系列诗歌，可以看到新马潮人的认
同意识及情感归属。其虽然是一种文学的创作，却是对现实
的反映，并且呈现在几个层面。其中，有部分的潮人依然保
留着对于故国、家乡的思念与眷恋之情，他们念念不忘的是
与故国、家乡那割不断的情谊，而这背后则是他们对自己作
为中国人、故乡人的情怀。但另一方面，有部分潮人则在意
识上已将自己完全融入居留地中，甚至将居住国当作自己的
"祖国"，出于这样的情绪，他们也"先天下之忧而忧"，
将本地事务当作己任，对于当地政治的不独立或倍受战争的
摧残而忧心忡忡。同时对于华人在居住国的不公待遇及无法
融入本地社会而有所不满及无奈。这样两种主要情绪的体现
也表现在潮籍作家的散文或小说中。

# 三　徘徊于他乡与我乡之间

上文所述，在新马潮籍作家的作品中，可以看到他们的
思乡情结和本地情怀，而这两种情绪又常常纠结在一起，无
法完全抽离。例如在另一位潮籍作家黛丁的作品中，既有抒
发对居住国热爱之情的作品，又有述说思乡之情的作品。

黛丁祖籍潮州，南来之后曾在一九四〇年前后回到中

国，二战初期又再度南来。[7]在他的一些散文中，有些篇章是抒发对于居住国景物的怀念与热爱之情，如《被遗弃的亚拉伯花园》、《淡申律蓄水池写景》（黛丁，1952）。前一篇抒发了作者对亚拉伯花园昔日繁盛的怀念及今非昔比的叹息之情，也表达了对战争的痛恨。例如，文中写到"这些已经成为过去的陈迹，这些，只能在已欣赏过的人们记忆中萌芽，不能让未欣赏的人再去欣赏。……亚拉伯花园由叹息而低泣而哀鸣而狂号。它痛恨战争……"。在后一篇中，作者一方面表达了对淡申律蓄水池景色的留恋，另一方面又借此景寄托对故乡的思念之情。例如他写到："热带的树木，热带的草原，实在太使人留恋了。一天天它终是那么绿油油的，布满了青春的活力，没有一时呈出枯萎的状态，就像古国的苍松，它永远是在让人欣赏个够的。"如果不是有着对这片土地的热爱之情，作者也不可能有对此等景物的深刻描写。当然，作为一个移居海外的潮人，他也会割不断与家乡的联系。因此，在黛丁的作品中，家乡的影子总会若隐若现的出现。这在他的散文"写信先生的烦恼"中更是明显反映出来："写信先生，一直是说着随机应变的口吻，去迎合一般顾客的心理，一直亦用着类似的通俗文字，替顾客写写唐山批，使寄信的人听得懂，收信的人亦看得懂，特别是'如有

---

7　同上，页272。

厚利入手，自当收拾回家'这两句话，差不多十封信之中，有六封要加入，原因是这两句话，已给寄批人和收批人认为是最甜蜜的幻想，同时亦可作为双方暂时的安慰。事实上，能够实现这两句话的，会有几人呢？"（黛丁，1952）。在这里，作者通过寄信先生的笔，表达的是大部分华人的心声，虽对家乡有所怀念，但为环境所迫，必须长期居留于此，只能通过侨批来维系与家乡的联系，并心存回唐的甜蜜梦想。

家乡，是新马潮人永远无法释怀的地方，对于家乡的深刻思念之情也在一些小说里被隐约带出。在题为《遥祭》的小说里，作者白荻写到"三月八日，接到父亲从家乡寄来的信说：祖婆于二月廿八日逝世，享年九十四岁。父亲说，祖婆的身后事一点都没有预备，寿衣也在'土改'的时候失去。这次的丧事要用很多钱。兄弟们都是种田的，没有钱，只能出力做坟墓，其他的事要我回去决定。我马上凑集了一笔钱寄回去，写信给父亲说，给祖婆做个小功德，借表哀思，又在坟墓上立一块石碑，以便将来回去凭弔。人死以入土为安，兄弟们没有钱，能够出力筑坟墓，是很好的事，我深深地向他们致敬。……自从我十六岁那年，离别家乡出洋之后，就整整廿七年没有回去。这廿七年，我已由少年转入中年了，人也有点苍老了；不用说，她老人家自然是更加老了。她日夜都盼望我回去，逢人嘱托，每信催促。但我都没有办法如她的希望。直到她走完了这绵长的九十四年艰苦的人生历程，我仍栖迟在新加坡。……她老人家一生的经历是可歌可泣的。她出生于满清腐败的王朝，经历过甲午之战，戊戌政变，庚子之乱，辛亥革命，袁世凯称帝，张勋复辟，民国成立，国共分裂，抗日战争，直到乡里土改、天翻地覆。她身受过饥饿迫害，流离转徙，眼看到沧桑兴替，生老病死。而她的生命力终于消耗尽了，撒手而归。"（方修，1979，页 98-102）。在此文中，作者通过"祖婆"这一形象，反衬出了中国一百多年来所经历的动荡不安及局势变化，同时也表达出华人移居海外艰苦生存，迫于生计而与故里远隔千里，无法回归故里，而家乡亲人又日夜期盼的无奈之情。

从以上文学作品中，可以看到新马潮人"梦想中国"、"梦想家乡"的感情，作品的文学性与生活的真实性一直纠集于他们的笔下。由于从一个出生成长的熟悉环境来到一个陌生的异域他乡，家乡成为他们无可忘却的梦中家园，而国家作为一个无法隔绝的联系也存留于他们心中。因此，故国、家园一直萦绕在他们的心中，并成为笔下经常出现的事物，我笔写我心，他们用自己的笔写出的其实是自己的真实想法及感受，并对故国、家园的归属之心。

另一方面也可看到，随着居留时间的延长，部分的新马潮人也逐渐将居住国当作自己的国家，自己的另一个故乡。

因此，对于本地社会的关注之情及对华人切身利益的关心也成为他们生活的重要议题，并由此浮现于纸上。

潮籍作家的作品中，体现的是作者对于家乡、祖国的眷恋与思念之情，例如上述的〈海上〉、〈吹落叶儿几多片〉两首作品。而他们长期居住在新马，也不可避免的对侨居地产生热爱与关心之情，例如〈被遗弃的亚拉伯花园〉、〈淡申律蓄水池写景〉，然而这些作品中，仍然抽离不了思乡的情绪。此外，处在政治变迁的时代中，他们也会关注祖国与侨居国的政治变动，这从〈新加坡河，我们的母亲！〉、〈不合理、要反对〉、〈遥祭〉这些作品中都可看出。因此，潮籍作家的作品中，体现了一定的地方性，同时也是二战后二十年的历史写照。这一类文学作品，是理解二战后二十年新马潮人社会生活面貌及思想感情的重要文本。那么，对于这类文学作品的教学，教师应如何结合历史让学生了解作品的内容及作者的写作意图呢？

## 四　潮籍作家作品教学

传统的文学作品教学，教师都是按照介绍写作背景，介绍作者和文学常识，指导学生分析作品的层次结构，概括主题思想，分析写作特点等几个环节来教导文学作品，也极少与其他学科的教学相结合。这样的教学方法，学生学到的很可能只是各自孤立的文学知识和文中所载之道，而缺少对文学作品中的韵味、情感的理解。另一方面，这种方法，可以让学生认识名家的主流作品，但对处于特定历史时代，有一定写作目的的非主流作品，就很容易被忽视且很难让学生理解。

因此，须建议在对学生进行主流作品教学的同时，也要为学生补充一些非主流作品，以开拓学生的文学视野，同时让学生了解文学史，不单单是知名作家的文学创作历史，同时也是由许许多多不知名作家所构成的。对于这类作品的教学，可以采取分层解读并结合其他学科（如历史学科）教学的教学策略。

很多理论家都认为，文学作品是一个多层次的构成，这些层面具有从具象到抽象的逻辑性。[8]笔者认为，简化而言，文学作品有两个明显的层次，一个是文本所表现的客体层，即作品中作者所描写的景、物、境、人、事等，但客体层留下了许多空白和不确定的领域，有待于读者在观赏中加以填补和充实，这就是另一层意向层，即文本背后的意涵和作者所要表达的感情。

首先，教师要让学生对于意向层有所理解，才能在阅读

---

8 关于文学作品的层次结构问题，可参阅刘俐俐：〈第一章 文学如何存在：文学文本多层次结构问题〉，《文学"如何"：理论与方法》（北京：北京大学出版社，2009 年），页 23-37。

文本时有更深的体会。这就需要借助历史学科的教学，将作品置于其所属的历史时代，并结合作者的背景，让学生了解这个作品是在怎样的历史背景下、怎样的感情中被书写的。例如，就上文所提及的潮籍作家作品，教师可先简介历史上的中国移民现象，进而从战后二十年的历史背景出发，分析这一段时期中国及新马各地的政治变化及华人政策，以及华人社会在这一系列变动下所受到的影响。其次，需要介绍潮人社群这一特殊群体的移民文化，以及他们与家乡、国家之间的关系。同时，也要对作家有所介绍，让学生了解这群潮籍作家都出生于中国，之后南来，并在新马生活。他们的生活历程中，即有中国又有新马的影响，这使得他们的感情中，纠结着家乡与居留地的情绪。最后，要把上述两方面结合起来，分析在整体政治社会环境变迁的情况下，潮人社群对于家乡、祖国及侨居国的情感发生如何的转变，他们的归属感及身份认同又如何发生转移。

在这一先备知识的教学下，学生才能清楚理解潮籍作家的作品书写中，反映的是潮人社群在中国、新马几地政治社会变动下，对家乡、祖籍国及侨居国的情感及认同发生了转移，然而，对家乡的深厚感情又使得这一转移中充满着各种纠结与矛盾。这一矛盾心理恰恰反映在潮籍作家的笔下，家乡、祖国、侨居国交替出现，既有对家乡、祖国的思念之情，又有对侨居国的热爱之情。这一贯穿于潮籍作家作品中的感情主线，与当时潮人社群的真实情感及矛盾心理息息相关。因此，对二战后二十年历史、政治的了解，可以有助于学生更好的理解这一类文学作品及剖析其背后的历史因素。

此外，教师也要让学生理解，这类文学作品的客体层和意向层不是分离的，而是紧密结合在一起。它们的联系是通过作品的写作技巧及写作手法体现出来。教导学生进行文本的细读是首要任务，细读文本的必要条件之一则是对修辞的理解。[9]因此，教师可先向学生介绍各种修辞手法及其作用，再让学生细读文本，找出当中所用到的修辞，并进行讨论，作者用这些修辞的含义所在及其表达了作者怎样的感情。以〈新加坡河，我们的母亲！〉为例，教师先让学生知道，作者将"新加坡河"拟人化为"母亲"，同时让学生思考作者是不是真的在描写"新加坡河"，慢慢引导学生认识，其实作者是用"新加坡河"来借代"新加坡"，最后让学生讨论作者使用双重修辞的手法，要表达怎样的感情。这样，学生才会最终了解在当时的历史时代下，新马正处于战争的蹂躏当中，作者一方面对于这片生活的土地有如母亲般的热爱，一方面又悲痛于她惨遭敌人的侵袭，这种情绪则是通过作品中所运用的各种写作手法得以抒发。

---

9  参阅陈志锐：《新加坡华文及文学教学》（杭州：浙江大学出版社，2011 年）。

# 五 结語

综上所述，在主流作家和作品之外，还存在着大量鲜为人知的边缘作家及作品，正是这部分作品，反映出某个特定历史时空下社会大众的生活面貌及情感体验。要让学生对特定时代下的某一社会层面有所了解，这一类文学作品是很好的辅助教材。对这类作品的教学，重点在于让学生厘清作品中的客体层与意向层两个层面以及两者之间的紧密联系。文学作品蕴含深广，在教学中也应兼顾多学科的综合及与其他学科的联系，使学生在学习时拓展知识面。[10] 文学作品的蕴含，则是通过文本本身的写作技巧和手法所体现的。因此，结合历史教学及文本分析，对边缘作家作品进行解读及赏析，正好可以弥补主流作品所反映社会景象的片面性，从而让学生对特定历史时期的社会图景有更为全面的理解。

---

10 孙红震：〈现代文学教学及其教学模式的转换〉，《文学教育》2007 年第 1 期，页 48-49。

# 参考文献

陈白影　《陈白影诗集》　香港　激流书店　1955 年

陈志锐　《新加坡华文及文学教学》　杭州　浙江大学出版
　　　　社　2011 年

黛　丁　《新加坡三部曲》　新加坡　世界书局　1952 年

方修编　《马华文学六十年集：白荻作品选》　上海　上海
　　　　书局（私人）公司　1979 年

方修编　《战后新马文学大系——诗集》　北京　华艺出版
　　　　社　2001 年

江少川、朱文斌主编　《台港澳暨海外华文文学教程》　武
　　　　汉　华中师范大学出版社　2007 年

刘俐俐　《文学"如何"：理论与方法》　北京　北京大学
　　　　出版社　2009 年

骆明主编　《新加坡华文作家传略》　新加坡　新加坡文艺
　　　　协会、新加坡作家协会、锡山文艺中心联合出版
　　　　2005 年

马　仑　《新马华文作家群象》　新加坡　风云出版社
　　　　1984 年

马　仑　《新马文坛人物扫描 1825-1990》　　新加坡　书辉
　　　　出版社　1991 年

钟　祺　《自然的颂歌》　新加坡　南大书局　1956 年

孙红震　〈现代文学教学及其教学模式的转换〉　　《文学教
　　　　育》　2007 年第 1 期

辑二

现代文学教学篇

# 从"意象、语言与韵律"
# 论现代诗鉴赏教学
## ——以余光中〈听蝉〉为例

潘丽珠

## 提 要

　　现代诗的鉴赏教学，可以从"意象经营、语言新变、韵律节奏"三层面入手，甚至说应该从这三层面加以剖析，才能够深得现代诗的鉴赏旨趣。本文以台湾现行初中某版本教材余光中〈听蝉〉一诗为例详细说明，帮助中学语文教师具体掌握此中精义，以脱离有如拆碎七宝楼台的修辞解说之牢笼。进而设计出一现代诗的教学流程，将前述三层面融入教学活动中，应用"多元智能"的理论与"案例式"的研究方式，提供操作步骤与说明，给中学语文教师参考。

关键词：现代诗、意象、语言、韵律节奏、鉴赏教学、听蝉、
　　　　余光中

# 一 前言

长期以来，现代文学的鉴赏教学大半处于一种让学生课后自修的情形，既谈不上"教"，也说不上"学"，于是，学生对于现代文学作品的鉴赏便处于一种懵懵懂懂的状态，特别是现代诗的部分，笔者总觉得台湾一般语文教师教得不甚理想，总是依赖课本后面"赏析"部分或教师手册的分析，似乎不知道该从何处着手以发挥自己的文学素养与想象，来引动学生的好奇与兴趣。尤其，课本后面"赏析"的部分或教师手册的分析，经常围绕在修辞的分析上，这点颇令笔者感觉隔靴搔痒，深感如果不对症下药，实无法帮助学生诵读美妙的诗歌，展开想象的翅膀，获得初步的情感体验，感受语言的优美节奏。笔者耕耘现代诗教学各个层面有年，一直以为"意象经营、语言新变、韵律节奏"是现代诗鉴赏教学的三个重点，本文即以此做为全文开展的架构，并以余光中〈听蝉〉一诗为例进行析论，并设计一教学流程提供给有兴趣者参考。

以下先列出〈听蝉〉一诗七节原文，再从三要点进行鉴赏教学之论述：

知了知了你知不知
在我午梦的边边上
锯齿锯齿又锯齿
在我院子的边边上（1）

知了知了你知不知
岛上的夏天有多长
多长是夏天的故事
锯齿锯齿又锯齿
拉你天真的金锯子
试试夏天有多长（2）

知了知了你知不知
岛上的巷子有多深
多深是巷子的故事
拉你稚气的金锯子
锯齿锯齿又锯齿
试试巷子有多深（3）

知了知了你知不知
去年夏天是哪一只
欢迎我回到古亭区

锯齿锯齿又锯齿
拉他兴奋的金锯子
迎接我回到古亭区（4）


知了知了你知不知
同样是刺刺又嘶嘶
去年听来是迎接
拉你依依的金锯子
锯齿锯齿又锯齿
今年听来是惜别（5）


知了知了你知不知
永恒的夏天多永恒
夏天的背后是秋季
锯齿参参又差差
可怜短短的金锯子
只怕拉不到秋季（6）
是谁，一来又一往
拉他热闹的金锯子
知了知了你知不知
秋季来时这空巷子
不见我也不见你

歇了，热闹的金锯子

断了，锯齿与锯齿

秋季来时这空巷子（7）

（选自《隔水观音》）

## 二　现代诗鉴赏教学三要点

### （一）意象经营

所谓"意象"，是外在客观景（物）象与诗人内在主观情志的融合，是"意"与"象"的协调统一。从西方符号学理论[1]的观点而言，意象做为符号来说，具有两个基本构成要素，即"成分"（能指）与"被表示成分"（所指），在意象符号中，表示成分是指事物的表象，被表示成分是指这一符号所表示的情感与意义。（索绪尔 Saussure, F. de.,1960）诗歌创作，从感情到诗，其间有一个具体外化的过程，这个外化的过程既是"意与象俱"的意象构造过程，也是"思与境谐"的意境营造过程。一首诗有没有诗的韵味，必须看这首诗有没有优美巧妙的意象；一首诗是否韵味独特，是看该

---

1　见瑞士语言学家索绪尔 Saussure, F. de. *Course in General Lingistics*. London: Peter Owen, 1960.

诗有没有情景交融、虚实相生的审美意境。意象是诗歌写作的焦点，也是鉴赏教学的重点之一。通常，被诗人选取的"象"，必然有其外观形式上的审美意义，从感官体验方面来说，具体可分为视觉美及听觉美。

〈听蝉〉是一首叙事性浓厚的诗歌，其意象经营的着眼点从"听觉美"来咀嚼，全诗反复地诉说着夏天的蝉唱，喧嚷着蝉唱的起始与收束，去年与今夏。"知了知了你知不知"的重复出现点明了夏季的众蝉喧声，反复叩问带有一种故朋意味的深情：从热闹、天真稚气、兴奋、依依，到可怜，蝉是诗人的朋友，诗人亦是蝉的知音。其次从"视觉美"的意象经营着眼，〈听蝉〉构筑了一个时大时小、深邃而回旋的夏日空间：院子→岛上→巷子→古亭区，如午梦的境地，可小可大；如蝉声的波唱，可近可远。〈听蝉〉的意象既是视觉的，也是听觉的，这视觉兼具听觉以以"金锯子"绾合起来，亮亮闪闪又锯齿锯齿，呈现出诗人对蝉声的印象与感情，而这正也是诗人对古亭区金门街巷弄——住家的感情。这感情，才是诗人"言在此而意在彼"的"所指"。

## （二）语言新变

所谓语言的新变并非创造新词，而是诗人给予一般词汇安排了有别于惯性使用的不同语境，塑造其独特的语感与丰富的深层意义。所谓"语境"，就是运用语言的具体环境。

平常说语境，一般是指使用语言的时间、地点、场合、对象以及说话，尤其是文学作品的上下文等，主要是语言活动的场域，通常称为"狭义的语言环境"。此外，使用语言的时代，社会的性质和特点，使用者的职业、性格、修养、习惯等，也属于使用语言的环境，与狭义语境相对应，通常称为"广义的语言环境"。语言的意义必须从其语境去显现，诗人的匠心安排，设计特殊语境，使得词语的意义显得独特而耐人寻味。文学语言是一种多重符号，它"一语双关"，文学语言所表达的意义可以分为"表层意义"和"深层意义"。"表层意义"构成形象和图画，"深层意义"构成情感、思维或哲理。表层意义是固定的、不变的；而深层意义则是流动的、变化的，会随着不同读者的阅历、素养、背景、与文本"相处"的时间而相异或产生进阶体会。读者在欣赏文学作品时，应透过字里行间去领略作者的言外之意，去理解作品所蕴含的深层意义。

〈听蝉〉诗中特别值得注意的语词是"知了"、"锯齿"、"锯子"和"空"。

从表层意义说，"知了"字面上可以指知道了，但在此诗中的意义明白指向"蝉"，或者反过来说，"知了"是蝉，却也可以指向"知道了"，当诗人以"知了知了你知不知"成为语境时，"双关"的趣味便宣告成立，但究竟知或不知，并非诗意的重点所在，反而是咏叹的意味才是诗人的焦点，那是反复叩问所产生的效果。

"锯齿"的表层意义本来是锯子尖锐突出、参参差差的所在，但当"锯齿锯齿又锯齿/在我院子的边边上"的语境出现时，它就成了运用锯齿不断拉动所发出的鲜明声响，而这声响，又是夏天在诗人院子中高唱的、令诗人想起古亭区（今已成中正区）住家巷弄、乃至宝岛上夏天的蝉鸣。

"锯子"，表层意义就是一种锯木的工具，但诗人说"拉你天真/稚气/兴奋/依依/短短的金锯子"时，诗句语境中的"锯子"就变成了"句子"，那既是蝉嚷嚷的鸣声，也是诗人恋恋的诗句。诗最末节"歇了/断了"的，不只是秋来的蝉响形影，也是余光中的诗吟萍踪；而蝉声消迹，诗吟停歇，正是意味着：对远离居住过的地方，满满的伤感。这伤感来自于"人去楼空"，因此接下来有所谓的"空"。

"空"的表层意义原是"没有填满的、虚无的"，但没有了蝉鸣、没有了诗人踪影，"秋季来时这空巷子"的语境，使得"空"有了"空荡"、"广阔"的意思，甚至于带点"恍惚、朦胧、静寂"、"时光隧道"的兴味。特别"空"是来自于"秋"，仿佛由壮硕到衰微的年华、由夏耘到秋收的更迭，于是整首诗便具有似虚还实的深沉历史感！

## （三）韵律节奏

所谓"韵律"，是指诗歌的声音美感与音韵节奏，与诗歌的音乐性有关。素来，现代诗的音乐性极不容易谈论，所谓"节奏感很强"、"充满了律动感"云云，常常是说者谈得高兴，读者不甚了了。此种不甚了了的感觉，像极了蓉子〈岁月〉诗中的句子"窥豹一斑/见首不见尾　难以描绘的"感觉，所谓"只可意会无法言谈"！而且一般相信，诗的韵律与内容本身并没有绝对必然的联系，然而还是有研究者主张文字的韵律和诗人表达的情绪有关，例如李元贞就说："诗在文学文体中最讲究文字的精炼与音韵的变化，除意象技巧外，文字的韵律常是诗人表达情绪与意义的手法。"[2]（http://dcc.ndhu.edu.tw/poemroad/li-yuanjen/page/2/，2005 年 11 月 10 号）如果我们细密斟酌，此中其实牵涉到诗人的创作意识、自觉问题，也就是说，诗人是否注意自己文字的韵律发展，是否在写作时有意识的以文字经营诗歌的节奏，"让文字韵律随饱满的情绪而运动"（李元贞语，同前）。然则，无论诗人的创作意识为何、自觉与否，做为诠释诗作的读者而言，有一点无庸置疑：在诗歌中，韵律能够不断提醒人们注意到语言自身的声音美感，从而提高了欣赏诗歌内容的兴趣。〈听蝉〉一诗在"韵律节奏"的经营上，可以很明显地看出诗人刻意于"韵式"的布置和"节的匀

---

2　见《台湾现代女诗人的诗坛显影》，发表于一九九九年淡江大学中文系主办的"中国女性书写国际学术研讨会"，亦可见载于李元贞自己的部落格二〇〇五年十一月十号，网址：http://dcc.ndhu.edu.tw/poemroad/li-yuanjen/page/2/。

称" ：

## 1 "韵式" 的布置

现代诗是不遵循程序化了的节奏式的自由诗，所谓节奏式，是由音节内和音节间某些语音特征的有规律地重复所形成，也就是说，在诗行语流（通过朗读或朗诵而得）情境上形成某种可以复现的稳定的对比变化，因而形成节奏。还有其他因素也可以帮助构成节奏形式，如头韵、腰韵[3]等韵式节奏因素（"韵式" 指的是押韵在诗中的布置方式）；对偶、首词重复、迭句等语义节奏因素；以及拆行、加标点等因素。（http://www.chinabaike.com/article/baike/1000/2008/200805111461835_4.html，查阅日期：2011 年 03 月 20 号）一首成功的现代自由诗，其节奏效果往往鲜明而强烈，自由诗的节奏单元基本上会与自然语流的呼吸群相符合。诗行在朗读语流中，内部会有若干自然停顿，就一行诗来说，这种停顿不能形成匀整的规律，但两个或数个停顿对称排列，其行内停顿（节奏）在行间对比中，自然会显现出规律。徐志摩的新诗，即是重视诗行对称、重迭而造成音节美的范例，余光中亦是此中翘楚。

---

3　古典诗押的韵都是诗行句末尾韵，头韵、腰韵都不是押尾韵，而是行内韵，韵脚在首字即是头韵，在行间即是腰韵。详见赵毅衡《诗律》，引自 "中国百科网"，查阅日期：二〇一一年三月二十号。来源：http://www.chinabaike.com/article/baike/1000/2008/200805111461835_4.html。

〈听蝉〉诗中"知、是、子、齿、事、刺、嘶、差（ㄔ）"的谐韵[4]，让诗句的音声语流形成复现的、稳定的韵律，而因为韵是诉诸听觉，不是诉诸视觉的，所以在朗诵时容易唤起音声的回荡感。又因这些谐韵的字都属于开口不大的近齐齿音，与诗歌"惜别依依"的旨趣[5]相扣合（黄永武，1976），把不知该怎么说、不方便大声说的恋恋离情暗示出来。

## 2 "节的匀称"

诗歌主要借助声音的节奏和旋律，来形成声情艺术美，而现代诗的节奏，可以来自于音组（数个"音尺"[6]组合）规律排列所形成的节奏（http://blog.sina.com.cn/s/blog_43c7ba31010004xo.html，2006 年 8 月 21 日），也可以来自于诗行规律组织所形成的节奏。关于后者，"节的匀称"便是其中一种（但节内节奏并不完全整齐，而全诗节奏却颇为整齐），"节的匀称"会造成诗歌形式与节奏的回环复沓，有如回旋的舞曲一般。闻一多说过："一般公认诗节为诗歌格律的最

---

4  新诗的谐韵，韵部极宽，en、eng 可以通押，eng、ong，以及 zhi、chi、shi、zi 亦同。

5  见黄永武：《中国诗学·鉴赏篇》（台北：巨流图书公司，1976 年）。

6  "音尺"（foot）原是希腊诗歌节奏元素的术语。英国诗论家把轻重音结合成节奏单位也称"音步"。闻一多称新诗节奏单位为"音尺"（即音步）。见注6。

大单位。"[7]（同上）时至现代，"格律"已经解放了，但节奏却益受重视，原因在于文字运用本身之无可逃遁，以及诗歌节奏的展现诚为艺术经营之重要环节。

〈听蝉〉一诗，每节重复出现的"知了知了你知不知"、"锯齿锯齿又锯齿"类迭，造成视觉上与音声上的正增强。全诗七节每节都是六句的"段式"（指每段诗的行数或全诗的段数），说明了各节的诗行数均齐，便是"节的匀称"，也就是段式整齐，显现诗人乃有意为之，形成一种固定的音声语流的回旋，加添了诗句的美声与节奏感。

## 三　现代诗鉴赏的教学流程——以〈听蝉〉为例

笔者曾于二〇〇三年八月在美国洛杉矶，南加洲中文学校联合会所举办的研讨会上，以〈听蝉〉一诗为例，示范现代诗的教学流程，大受与会者欢迎。兹将教学流程呈现如下，并加以说明且提出理据：

### （一）流程、步骤

1. 发下〈听蝉〉原诗，请大家静观，再随机指定某一与会

---

7　引自《同工异曲，各具风格——试论徐志摩与闻一多诗歌的节奏体系》一文，见天马的 BLOG，二〇〇六年八月二十一日发表，来源：http://blog.sina.com.cn/s/blog_43c7ba31010004xo.html。

者朗读，然后全部的人一起朗读。

2. 指出上述的朗读所出现的语音错误或节奏谬误，然后以第一节为例，提问："怎么读会比较好？"请大家思索，再要求举手发言，随机指定回答，并针对回答内容分析其得失，给予鼓励。

3. 以 RAP[8]（Bakari Kitwana，2003）形式示范朗读第一节，挑起兴趣，再以领读、领诵方式带动大家一起朗读第一节，反复练习直到确定熟悉为止。

4. 说明为何如此朗读的原因，是为了呈现出诗歌的韵律感。进一步示范解说朗读与朗诵之不同，而朗诵现代自由诗有"独诵、合诵、轮诵、复诵、迭诵、衬诵"[9]（潘丽珠，2004 二版）等方式。

5. 将全部与会者分成四到五人一组，指定处理二之七节，请大家依此（第一节）方式类推，合作处理所负责的诗

---

8 RAP 是由 HIP-HOP（嘻哈）音乐所发展出来的一种音乐类型，来自美国。RAP 音乐是以一段固定的节奏和旋律再配上 KEYBOARD，还有刮唱片的声音，加上念得极快的歌词而构成。所谓 HIP-HOP 音乐，美国知名嘻哈文化评论家 Bakari Kitwana 在《The Hip Hop Generation：jovens negros e a crise na cultura americana Africano》一书中指出，针对 Hip-hop 本身的发展史而言，他界定 Hip Hop Generation（嘻哈世代）是一九六五至一九八四年在美国出生一代的文化象征。Hip-hop 的基本内涵，是以 graffiti（涂鸦）、break dance（霹雳舞）和 rap music（饶舌音乐）为主。但今天我们说的 Hip-hop 文化，其实已超越上述三个元素，衍生出 verbal language（语言）、body language（身体语言）、attitude（态度）、style（风格）、fashion（时装）等。

9 详见潘丽珠著：《现代诗学》，二版（台北：五南图书出版公司，2004 年），页 356-357。

歌小节，思考如何朗诵才能表现特色，确定声音表现方式后，加紧练习。

6. 请各组一一上台演示团体朗诵，表现处理的成果。

7. 请依〈听蝉〉诗的一之七节演练一次，完整表现全诗的朗诵样貌。

8. 请各组推派代表说明处理方式之因由，以及所欲达成的效果。

9. 笔者讲评，提出优点与改进意见。

10.诠释全诗意象的深层意义，及其与韵律节奏之间的关系，进一步说明"知了、锯齿、金锯子"等语言在诗的语境中所产生的双关韵味。

## （二）说明

1. 教学首要是"确立教学目标"，所有的教学方法都是因应达成教学目标而来。因为此次之教学目标在于诗歌节奏美的体会，以及诗歌意象的深意阐发，所以先从"声音"入手，并不先讲解全诗的字词意义。

2. 先让与会者试读，目的在导出笔者读法不同之比较，说明其中微妙处，以形成反衬，增强印象。

3. 先示范领读第一节，是为了让学习者有一个依循模本，可以获得具体的朗诵概念。

4. 采取合作式学习的分组讨论演练，可以与同组的人脑力激荡，藉由同侪力量激发学习动机。

5. 运用团体朗诵技巧，让学习者了解："诗歌"可以歌、可以众声喧哗的本质，此本质有别于散文与小说。

6. 声音的表现方式极为多样，讲评一则可以给予鼓励，一则可以提醒另外不同的可能方式。

7. 经由朗诵操作，学习者对于全诗已有印象，笔者进行直指意象核心的诠释时，学习者因为对作品有熟悉感，更易体会其中幽微与奥妙（当然，进行诠释时，采取多方提问，以激荡学习者的想象。）。

8. 不采取互评，是因为此次教学重点在"诗"与"朗诵"，额外的互评活动会窜夺学习者的注意力，松散教学结构，且时间不够所以避免。

9. 全部教学过程，应用了美国学者霍华·迦纳（Howard Gardner）在一九八三年所提出的"多元智能"[10]理论。（Howard Gardner, 2008）调动了"语文智能"、"音乐智能"和"人际智能"三者复合操作，可以强化学习效

---

10 多元智能是美国哈佛大学心理学家霍华·迦纳（Howard Gardner, 1983）所提的理论，认为人们与生俱来八种智能，包括：语文智能（linguistic intelligence）、数学·逻辑智能（logic-mathematical intelligence）、音乐智能（musical intelligence）、身体动觉智能（bodily-kinesthetic intelligence）、视觉空间智能（spatial intelligence）、内省智能（introspection intelligence）、人际智能（interpersonal intelligence）、自然探索智能（naturalist intelligence）。参见 Howard Gardner 著、李乙明、李淑贞、国立编译馆译：《多元智能》（Multiple Intelligences: New Horizons）（台北：五南图书出版公司，2008 年）。

果。

总结上述，建构、绘制成现代诗鉴赏教学操作模式如下：

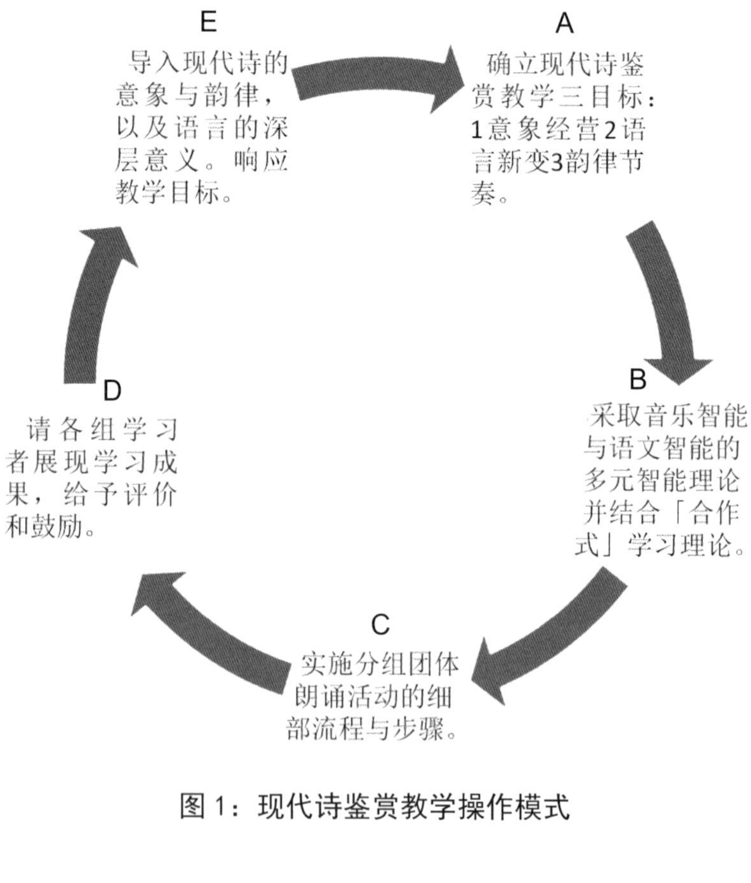

图 1：现代诗鉴赏教学操作模式

## 四　结语

　　在台湾，现代文学作品的鉴赏教学，不知从何时开始，以修辞格的分析为能事，课文后的赏析或教师手册大致以此为重点，这不能说不对，却无法凸出不同文类的特质，特别是在修辞解说之后，一座美好的七宝楼台往往散碎倒塌了，学生对于作品的情韵并无法掌握，因此文学作品的鉴赏不能只停留在修辞格的分析上。试问：诗歌与散文、小说是否不同？如果不同，何以鉴赏的策略无异，皆着眼于修辞？相较于散文和小说，诗更讲究"意象、语言、韵律"，换言之，此为现代诗特异于其他文类者，唯有从这三个层面深入耕耘，方能切中个中三昧而带给学生应得的理解，让他们品味诗歌作品的精致与丰美，进而有兴趣走入现代诗歌的性灵花园。

# 参考文献

天　马　《同工异曲，各具风格——试论徐志摩与闻一多诗　　　歌的节奏体系》　2006 年

天马部落格　网址：http://blog.sina.com.cn/s/blog_43c7ba310　　　10004xo.html

李元贞　《台湾现代女诗人的诗坛显影》　2005 年

李元贞部落格　网址：http://dcc.ndhu.edu.tw/poemroad/li-　　　yuanjen/page/2/

赵毅衡　《诗律》　2011 年

"中国百科网"　查阅日期：2011 年 03 月 20 号　网址：　　　http://www.chinabaike.com/article/baike/1000/2008/20　　　0805111461835_4.html

黄永武　《中国诗学鉴赏篇》　台北　巨流出版社　1976 年

潘丽珠　《现代诗学》　二版　台北　五南图书出版公司　　　2004 年

Howard Gardner 着、李乙明、李淑贞、国立编译馆译　《多　　　元智能》（*Multiple Intelligences: New Horizons*）台　　　北　五南图书出版公司　2008 年

Kitwana·Bakari (2003) *The Hip Hop Generation: Young Blacks and the Crisis in African American Culture*. Perseus Books Group.

Saussure, F. de. (1960) *Course in General Lingistics*. London: Peter Owen.

# 应用二语习得"狭窄阅读"策略的口语互动和书面互动之教与学研究
## ——以钟肇政小说《鲁冰花》和改编自其小说的新旧电影为例

刘　渼

## 提　要

　　二〇一一年新加坡母语教育检讨委员会提出"乐学善用"的理念以及 3Cs 目标（Culture, Communication, Connection），并采用看影片来进行口语互动和书面互动的新型评估方式。由于小说或电影中的口语互动和书面互动都是模拟真实的语言，不但其真实情境贴近于生活，且其语言在某一程度上的规范性也具有典范作用，所以无论在内容和形式上的诸多要素，都有助于口语互动和书面互动的教与学。另外，二语习得中的"狭窄阅读"策略提出一系列阅读某一作家作品，有助于学生建立其认知框架与图式（schema），达到深度理解。兹因以钟肇政小说《鲁冰花》改编的第一部电影于一九八九年在新加坡首映，具有特殊意义，故本文以钟肇政小说为根据，探究改编自其小说的二部电影（鲁冰花、新鲁冰花——孩子的天空）中的语言和文化、沟通交际、意义协商和话轮等，帮助学生在熟悉的故事情节背景上，把学习的焦点放在具有文化意义的交际互动和任务上，希冀有助于口语互动和书面互动的教与学。

**关键词：口语、书面、互动、影片教学、钟肇政、鲁冰花、孩子的天空**

　　二○一一年新加坡母语教育检讨委员会提出 "乐学善用" 的理念以及 3C 目标（Culture, Communication, Connection），并采用看影片来回答问题的新型评估方式。故如何应用影片来帮助学生学习口语互动和书面互动，是值得探讨的课题。

　　兹因以钟肇政小说《鲁冰花》改编的第一部电影于一九八九年在新加坡首映，具有特殊意义；且二语习得中的 "狭窄阅读（narrative reading）[1]" 策略提出一系列阅读某一作家作品，有助于学生建立其认知框架与图式（schema），达到深度理解。故本文以钟肇政小说为根据，探究改编自其小说的二部电影（《鲁冰花、新鲁冰花——孩子的天空》）中有助于口语互动和书面互动的教与学之要素。

## 一　背景

　　钟肇政[2]是台湾 "大河小说"[3] 的开创者，有 "台湾文学

---

1　克拉申（Krashen, 2004）建议早期的阅读者采用 "狭隘阅读" 策略。也就是说读者根据自己的兴趣，选定一位喜欢的作者，一系列阅读其作品。因为每位作者都有他/她最喜欢的单词、短语、句型和文体风格，所以会很自然地重复它们，故较能确保读者理解所读的文本；且阅读同一作者的作品，不断地累积背景知识，有助于加深理解。

2　钟肇政生平资料可参考 "台湾客家文学馆"：http://literature.ihakka.net/hakka/author/zhong_zhao_zheng/author_main.htm。（检索日期：14-07-2011）。

3　大河小说译自法语 roman-fleuve，意指 "连续性的长篇小说" 或是 "系列小说"，通常会分成很多卷册，每一卷册也都能自成一体。其内容主要描绘一个

之母"的美称[4]。《鲁冰花》是钟氏第一部长篇小说，也是其重要代表作之一，叙述发生在台湾客家农庄采茶家园的故事[5]。一九六一年发表于《联合报》[6]；一九八九年被拍成电影，并在新加坡首映；二〇〇六年，客家电视台把它拍成二十一集的连续剧；二〇〇八年改拍成电影《新鲁冰花：孩子的天空》。兹以表1具体说明于下：

---

中心人物、社群、民族或家族生活的某一段历史时期的种种发展。陈明芳认为，台湾的大河小说的文本具有三个特征：浓厚的历史意识、牵涉到家族或国族的兴衰、对历史背景与社会现实具有同情与批判的精神。资料来源："台湾大百科全书" http://taiwanpedia.culture.tw/web/content?ID=2318。（检索日期：14-07-2011）。

4  引自"桃园县事务局——钟肇政文学馆" http://www2.tyccc.gov.tw/hakka/guid1b.html。（检索日期 14-07-2011）。

5  《鲁冰花》被视为客家文学的代表作之一。

6  《鲁冰花》一九六二年由明治出版社初版，一九七九年由远景出版社出版。钟氏陆续完成了长篇小说有二十二部，短篇小说集有九本，堪称战后作品最丰富的本土小说家。资料来源：同注4。

表1

| | 小说 | 电影 | 电视剧 | 电影 |
|---|---|---|---|---|
| 名称 | 鲁冰花 | 鲁冰花[7]<br>Dull-Ice Flower | 鲁冰花 | 新鲁冰花：孩子的天空<br>Colourful Mind |
| 出版/首映日期 | 1961 | 1989.10.15 | 2006 | 2008（试映）<br>2009.4.3 （首映） |
| 出版/首映地点 | 台湾 | 新加坡 | 台湾 | 中国 |
| 作者、编剧、导演 | 钟肇政 | 钟肇政<br>编剧吴念真<br>导演杨立国 | 钟肇政 | 钟肇政<br>编剧陈静慧<br>导演陈坤厚 |
| 主演 | | 黄坤玄（童星）、李淑桢（童星）、陈松勇 | | 陈至恺、周幼婷、吴浚恺（童星） |
| 主题曲 | | 鲁冰花 | | 孩子的天空 |

　　钟氏小说《鲁冰花》的命运经过了一部电视剧和二部电影的洗礼，虽然在许多场景和故事主轴上基本是遵循着小说而来的，但是小说故事改编成电影、电视剧后，由于媒介的

---

7　二部鲁冰花电影都叫好又叫座，荣获了许多国际影展的大奖，如二十六届金马奖、四十届柏林影展人道精神特别奖、二十届义大利丰尼影展铜兽奖、加拿大国际儿童影展导演创意奖和女演员奖、德国鲁尔国际影展首奖、德国巴伐利亚影展首奖。

不同、表现方法随即跟着不同，而最大的不同还是因为小说成于六〇年代，距第一部电影已有二十八年，距第二部电影也有近二十年，在长达将近五十年里，社会的快速变迁、人们思想的进步和开放、经济生活的不同，都可以从电影里增删的元素中看出来，且其不但主题意识与时俱进，语言也出现了极大的变化。因此，无论是看电影、电视剧或读小说，其丰富的主题和对话方式，都可以做为真实情境中的语料，帮助学生学习华语。

## 二　电影和口语互动、书面互动的教与学

以下从四个不同层面，探讨电影中的内容与形式要素：（1）文化意涵（culture）；（2）沟通交际（communication）；（3）互动的意义协商；（4）话轮的开始和保持。虽然上述四层面各有其自身的理论基础及侧重点，但老师应用在教学时可以根据学生的需求和兴趣，选择其中的某一层面作为教学的重点。

由于电影中的故事情节有一发展性，故以下根据情节发展的场景序列，或单独突出其文化、沟通交际、意义协商、话轮的某一方面特色，或综合上述特色来谈，探究的核心是其可以作为口语互动和书面互动教与学的示例。

另外，新旧二片虽然都是根据同一部小说来拍摄的，在

故事情节的主轴和基调上基本相同，但如上所述，小说和新旧片的拍摄时间几乎各相差了近二十年，很可贵的是它们都反映出了各自的时代背景，故根据时代变迁中的学校和社会环境、思想和生活、悲情和希望、电影美学等，二部电影的侧重点有所不同，增删处也不少，很难直接对应和比较，故以下先以旧片为主，然后才是新片，只有在新旧片可以相比较的地方，才择一重点来论述。

又有鉴于交际教学法过于重视交际中的意义交流，任务式[8]提出"做中学"，即通过选择、编排教学任务，创造有交际意义的真实语言环境，在完成任务中习得语言。故本文也提出了一些任务式实作活动，作为用影片来促进口语互动和书面互动教与学的参考。

# I. 旧片：鲁冰花

编剧吴念真精准地掌握到《鲁冰花》故事最强的戏剧点，就是由林志鸿与古阿明争取美术比赛代表头衔，引申出教育方式与贫富差距等冲突。

## [场景：吃饭][9]

---

8　Skehan（1998）归纳出任务的内涵/定义：（1）任务以意义为主；（2）任务与现实世界的类似活动有关系；（3）任务中有需要通过语言交际来解决的问题；（4）完成任务优先；（5）根据任务的完成来评估任务的执行。

9　场景是作者根据电影情节和场景加以设定的。

阿明拿姐姐盛菜的纸，蹲着画趴在门口的狗（把它五花大绑）。吃饭时，阿明把刚画的画放在餐桌上。

第 1 个话论

爸爸（用台语）问："你画的是什么？"

阿明天真的说："古锥啊！（台语，可爱的意思，在这里指阿明家里的狗）"

爸："古锥是红色的，你色盲啊！"

明："天红红照在他身上，所以才会红红。"

爸："它尾巴后面，那两团黑黑的是什么？"

明："大便啊，又臭又烂当然是黑的。"

第 2 个话论（转换生成新的话轮）

爸："不工作，每天只会画图，就能当饭吃吗？快吃啦（语气很凶）"

**任务活动 1**

• 阿明和老师，都是用什么方法来画画？（判断）

• 阿明画了些什么？（理解）从色彩和阿明画的东西，说一说他对画画有什么看法？（分析）阿明的画风如何？（判断）

• 爸爸赞成阿明画画吗？为什么？（判断）

## [场景：期望]

| |
|---|
| 第 1 个话论 |
| 姐："爸，今天的工钱。我和阿明的代办费都缴了。" |
| 爸："礼拜天你也去做工？ |
| 姐："反正今天也没事。爸，要买豆饼吗？猪都养不肥。" |
| 第 2 个话论（转换生成新的话轮） |
| 爸："你要是男的，该有多好。" |
| 姐："阿明是男的啊。" |
| 爸："就因为他的男的，我才烦恼。" |
| [在家被爸打] 阿明用水泡屁股，姐在煮猪食。催阿明。 |
| 第 1 个话论 |
| 明："好了啦，我都快辣死了，你都不管，只管猪。 |
| 第 2 个话论（转换生成新的话轮） |
| 爸（从门外冲进来）："你跟猪比，猪养大了还可以卖，你呢？干什么？干什么好？" |
| [姐划木筏，姐弟二人背对背，一起去上学] Interpersonal mode |
| 第 1 个话论 |
| 姐："你呀，自己也要懂事一点，爸爸虽然打你，其实爸爸最喜欢你，因为你是男孩子，长大能帮他的忙，我 |

是女孩比较没有用。"

第 2 个话论（转换生成新的话轮）

明："姐，你看。"

姐："看什么啊？"（翻过头看镜头）

明："我长大以后一定要画一张图，跟这个山一样漂亮。"

姐："那你就要听话，快快长大。"

## 任务活动 2.1

爸爸说："就因为他的男的，我才烦恼。"爸爸为什么烦恼呢？（理解/推断）

分析：

1. 旧片古阿明是小四生，姐古茶妹是小六生，姐弟二人的戏份很重，且形成反差式的对比的，带入了重男轻女的观点。

   新片里没有姐姐的角色，淡化了此一观点。新片在阿明死后，妈妈才生下妹妹，妹妹在片尾去见郭老师，是惊鸿一瞥，增加了戏剧效果，让人有故事永远说不完的感觉。

2. 旧片由爸一人带姐弟二人，以家庭悲剧来烘托剧情。新片加入了妈妈和婆婆的角色，淡化了此一悲情。

**任务活动 2.2**

　　姐对阿明讲了一番大道理，劝说阿明要懂事，阿明却没有根据话题来回应，反而自顾自地说起画画。如果你是姐姐，会如何回应？（创造）

分析：

1. 旧片用许多对话"说"出剧情，这一段特别明显。旧片里的场景切换分明，有点像舞台剧，每一个场景犹如一幕，有自身叙述的焦点。新片在电影美学上比较成功，间接地用故事情节来表现剧情，生活场景也较为真实，剧情间的转换自然流畅。

2. 旧片的语言文艺气息很重，姐姐说出来的话像标准的播音员。新片的语言比较贴近生活口语，可以从新旧片中学习到不同的说话技巧。

**任务活动 2.3**

　　姐："那你就要听话，快快长大。"姐的话，能够回应阿明抛出来的话题吗？为什么？（理解/推断）

**[场景：黑黑烂烂那个啊]**

姐："你要好好画哦，画什么就画什么，你不要再画那个了哦。"

> 明："那個什麼啊。"（複述）
>
> 姐："就是那個嘛。"（解釋）
>
> 明："那個什麼嘛。"（複述）
>
> 姐："狗後面黑黑爛爛那個啊！"（解釋）
>
> 明："哦，那個啊。"
>
> 同學："喂，那個是什麼？"（複述）
>
> 明："那個大便哪。"（解釋）

## 教學活動3

Long（1983）的"互動假設[10]"（interaction hypothesis）特別強調話語的互動（interaction）與意義協商（negotiation of meaning）對語言習得的促進作用。在交互活動中，交流雙方可能遇到交際困難或障礙。為了克服交際困難，交流雙方要經過複述（repetition）、確定核對（confirmation checks）、澄清請求（clarification requests）、理解核查（comprehension checks）、解釋（explanation）等一系列意義協商過程。

---

10 一九八○年 Long 在他的博士論文中第一次提出了"話語調整"（conversational adjustment）概念。隨後 Varonis 和 Gass 在一九八五年將"話語調整"修改為"意義協商"（negotiation of meaning）。自此，"意義協商"被廣泛接受。意義協商對二語習得創造了三個有利條件：（1）提供可理解的輸入。（2）提供可理解的輸出。（3）能使學習者注意語言形式。Long 認為語言習得不可缺少的機制是"修正性互動"（modified interaction）。

## 任务活动 3

假设你不了解电影中的某些故事情节，用意义协商的方式来与人交流，达到理解。（互动的意义协商）

**[场景：第一堂美术课]**

[校长领老师进入教室]（Presentation mode）

师："各位同学，轻松一点，轻松一点嘛。我现在开始发纸，拿到纸的就可以开始画。（一边发纸一边说）今天是我们美术教室，第一次画图，所以大家想画什么就画什么，画图是一件很愉快的事，所以大家千万不要紧张，好不好？"

[林志鸿]（Interpersonal mode）

师："你怎么不画？"

林："没有题目，我不会画。"

师："那你画我的导师好了。"

林："可是，她不在呀。"

师："那你画我们这个画图班好不好？"

林站起身来数："1，2，3，4，5，6，7。"

师："你干嘛？。"

林："数数看一共有几个人啊，8，9，10，11。"

[古阿明画天狗吃月]

师："可不可以告诉老师，你画的是什么？"

明："天狗吃月嘛，我爸爸讲的故事"天狗吃月"。天狗把月亮吃到肚子里，然后就很暗啊，我们就赶快敲脸盆、鼓啊，天狗害怕，赶快把月亮吐出来，所以晚上的天又亮了起来。"

[古阿明画好了"爸爸卖猪"跑出去玩了]

师："你（林志鸿）还在量啊，那么远，人家怎么看得清楚那十二个角？把它涂得红红的，人家就知道那是国旗了嘛。人家古阿明的画多自由，心里想什么就把它画出来。画画也是讲话啊。心胸放开点，好不好？咦，你怎么啦，像女生一样说哭就哭了？"

## 任务活动 4

林志鸿和老师间的对话，以及古阿明和老师的对话形成了对比，你觉得那一个人比较有绘画的天分？为什么？（判断）

分析：

经由对比，足见林志鸿和古阿明二人在绘画方面的天分和表现有很大的差异。

[场景：蓝色的太阳]（Transaction mode）

| |
|---|
| 第 1 个话论 |
| 师："蓝色是什么？" |
| 明："代表太阳啊。" |
| 师："太阳为什么是蓝色的？" |
| 明："才不会把爸爸晒得口渴，又差点昏倒啊。" |
| 第 2 个话论（转换生成新的话轮） |
| 师："你姐怎么没来？" |
| 明："她说她不喜欢画图。" |
| 师："怎么会呢？她的色彩用得很好。" |

**任务活动 5**

想象太阳有各种不同的颜色，选出你心目中太阳的颜色，并且说明你为什么要选这个颜色？（创造）

## II. 新片：新鲁冰花—孩子的天空

[场景：茶园画画[11]]

片头一开始即有一段很精采的人际沟通（Interpersonal mode）技巧。且明点了主题：绘画。

---

11 新旧片中的开头，老师都在茶园里写生，古阿明看到了老师在画画。旧片中，画是由老师签了名（傻瓜），表现的是老师对自身的认同和看法。新片中，老师让古阿明帮忙完成画，结果古阿明把山和茶园画成了船和海洋，表现出古阿明的想象力和在绘画方面的天份，也引出老师带古阿明去看海的情节。

| 第 1 个话论（问候）<br><br>阿明："嗨。"<br><br>郭师："嗨。" |
| :--- |
| 第 2 个话论（转换生成新的话轮）<br><br>阿明："你不画喽？"<br><br>郭师："不画了，今天没灵感，改天再画啦。"<br><br>阿明："是哦。" |
| 第 3 个话论（转换生成新的话轮）<br><br>郭师："想不想画画看？"<br><br>阿明："好啊。"<br><br>[古阿明在老师的画上作画……] |
| 第 4 个话论（转换生成新的话轮）<br><br>郭师："你喜欢海啊？"<br><br>阿明："不知道唉，我没有看过。" |

**教学活动 1 打招呼（HA/MA/LA）**[12]

人和人见面往往用打招呼的方式开始对话交流，如何打招呼呢？打招呼最简单的方法是一方说什么，另一方可以用相同的方式回应，如：

A："嗨。"（声调拉高，表示友善。）

---

12 HA（High Ability），MA（Middle Ability），LA（Low Ability）。HAMALA 没有绝对的范围，故本文中的能力等级任务仅供参考，在应用时请老师依实际情形调整之。

B 回应："嗨。"

## 任务活动 1

角色扮演：一大清早，你正要出门上学，踫到隔壁的王妈妈买早点回来，你主动跟她打招呼。

参考：

学生："王妈妈，早。"

王妈妈："早，上学啊？"

学生："是的，王妈妈再见。"

王妈妈："再见，路上注意安全啊。"

学生："好的，谢谢王妈妈。请您也留心点。"

说明：中国人有一些比较特殊的打招呼方式，比如：

A："吃饱了吗？"

B 回应："谢谢，吃饱了，你呢？"

这些都是具有中华文化意涵的打招呼方式。

## 教学活动 2 话轮（turntaking）

话轮，就是话语的轮回，交际的持续。培养学生的话轮意识，就是要让学生掌握话轮转换的规则，使其懂得如何开始和结束谈话，如何开始一个新的话题，如何表达自己的观点，或使自己不被打断从而实现交际的维持。在交际中出现沉默是较常见的交际障碍。要打破沉默便是要获得话轮。但是获得话轮后，如何使话轮得以持续，而不至于再次陷于沉默。这便依赖于话轮转换的技能了。话论转换的技能是争夺话论、克服沉默的一个相当有效的方法。至于交流的策略，则有直接发问、模仿性的重复、示意对方修正、调整、解释、回避、重新组织语言等。

从片头中我们可以看到，在完成第一个话轮（问候）后，通过新的问题"你不画喽？"，自然地实现对话轮的转换，从而避免了话轮的结束和话题的单一；接着又通过新的话题"想不想画画看？"，再次开始了新的话轮；然后又根据新语境，提出新的话轮"你喜欢海啊？"丰富了会话的语料，增加了会话的广度和深度，故在话轮的转换中，丰富了交际的内容，实现了交际的持续。

**任务活动** 2

任务：表演一段话轮转换生成新话轮的对话。

情境：你和同学甲正在讨论捐什么东西给老人院，此时同学乙跑过来问你们要不要去百货商店逛街购物，而同学丙正好经过，跟大家说他要回家整理旧东西捐出来。

**教学活动** 3（HA/MA/LA）

电影中阿明回应说："是哦。"在对话中有接续话题的功能。

> 阿明："你不画喽？"
>
> 郭师："今天没灵感，改天再画。"
>
> 阿明："是哦。"

## 任务活动3

同学们正在讨论捐什么东西给老人院最适合，同学甲说他想捐出爷爷的衣服，同学乙表示同意。（此活动可结合小四课文"一件好事"）

## 任务活动4（HA）

影片中，当老师看到阿明把一丛丛小茶树改画成一浪浪海花，把锥形的山改画成一艘大船，老师为什么要脱帽？（分析）脱帽有什么隐含信息（隐喻）？（理解）

> 参考：
>
> 当老师看到阿明把一丛丛小茶树改画成一浪浪海花，把锥形的山改画成一艘大船，很自然地脱下了帽子，表示敬意。

## 任务活动5（HA/MA）

古阿明为什么把他的名字签得大大的，几乎占了画面的1/3，和最重要的地方？（分析）

参考：

从古阿明的签字可以看出他的拙朴和天真，暗示出他没有经过专家或老师的指导，他会画画是天生的。

**任务活动 6（HA/MA）**

郭师："你喜欢海啊？"阿明："不知道唉，我没有看过。"这段对话有什么隐含信息？（理解）

参考：

古阿明没有看过真正的海，但通过想象力，仍然能把海的视觉印象画出来。

图 1：古阿明在老师的画上作画

图2：古阿明把山和茶树改画成船和海浪

图3：老师脱帽致敬

图 4：古阿明在画上签字

**[场景：选美术特训班的代表 1]**

> 林志鸿（班长）："我们要选出美术班的代表二名，有没有人要推荐？"
>
> 同学甲："我推荐林志鸿。"
>
> 同学乙："我推荐林志鸿。"
>
> 同学丙："我也推荐林志鸿。"
>
> 同学丁："对啊，你最厉害了。"
>
> 副班长："选林志鸿的人请举手。"

**教学活动 7　并存话轮（concurrent）**

在真实的语言交际中过于"整洁"的对话是很少出现

的。在口头交际的自然会话中有着许多常见的反馈语、预测、重叠等话语现象。这些话语跟当时正在进行的主要话轮同时并存，起着配合主话轮的作用，这种话轮就是"并存话轮（concurrent）"。

电影中当大家都在郑重其事地"推荐"时，同学丁说："对啊，你最厉害了。"听者作简短的插入，表示听者对话轮内容的反应，也表示在交际中听者正在聆听、注意，或鼓励说话者继续其话轮，能大大提高交际的真实性、自然性和流畅性。

## 任务活动 7（HA）

"并存话轮"可以分成以下几类：理解或赞同、注意或鼓励、兴趣和好奇、怀疑或惊讶、礼貌或附和、评价等。跟同学讨论，同学丁的反映是属于哪一类？为什么？（判断）

## [场景：选美术特训班的代表 2]

林志鸿（班长）："还要再选一个人。"

[古阿明用肢体语言暗示游志坚]

游志坚："干嘛？"

明："选我啊。"

游志坚："选你？不行不行。"（第 1 轮协商）

明："拜托啦！"

游志坚："我不要。"

明："拜托选我啦！"

游志坚："我不干。"

［古阿明气得手拍桌子］

游志坚："不要。"

［古阿明气得用手打游志坚手臂］

游志坚："我不要。"

［古阿明气得用脚踢游志坚的腿］

游志坚："算了。"站起来举手提名："我推荐古阿明。"
　　　　（古阿明成功地达到了协商目的）

引来全班一阵大笑。

明："笑什么？笑什么？"（为自己辩护）

林雪芬师："游志坚，你推荐古阿明的理由是什么？"
　　　　（澄清问题）

游志坚："嗯，是他叫我推荐的。"

班长："古阿明，我们是在选班代表耶。"（提醒选举的
　　　严肃性）

明："我知道啊。"

班长："可是……"（第 2 轮协商）

明："放心啦，我有和新来的郭老师一起画画过，他很称
　　　赞我咧。"

师："好，除了古阿明以外，还有没有人要推荐的？"

（老师出面做仲裁者）

全班同学："没有。"

师："没有，那我们现在来表决喽，赞成古阿明参加美术
特训班的举手。"

全班大部分同学举手。

## 教学活动 8　做决定式任务（decision-making task）[13]

## （HA/MA/LA）

做决定式任务是给学生一系列的选择。由学生通过讨论
达成一致意见。如选出美术比赛的代表，由全班通过讨论来
决定由哪两位同学来代表。

## 任务活动 8.1

在班会的选举中，古阿明采取了什么态度和方式？为什
么？

参考：

这段话交互的节奏进行得相当快，古阿明一直示意让游志

---

[13] Prabhu（1982）提出了教学任务的三种类型：（1）信息差任务（information-gap tasks）；（2）观点差任务（opinion-gap tasks）；（3）推理差任务（reasoning-gap tasks）。Pica, Kanagy & Falodun（1993）提出五种任务模式：拼版式任务（Jigsaw tasks）、信息差任务（Information gap tasks）、解决问题式任务（Problem-solving tasks）、做决定式任务（Decision-making tasks）、交换意见式任务。Willis（1996）则有列举型任务（Listing tasks）、比较型任务（Comparing tasks）、创造性任务（Creative tasks）等任务类型。

坚推荐他，但得到的回应都是"不行、不要、不干"，所以古阿明采取了一次比一次强硬的态度，先是拍桌子、然后打游的手，最后踢他，古阿明不择手段的方式，表示他不达目的绝不终止的决心。

## 任务活动 8.2

假如你参加的课外活动要选出班长，请你们讨论几个候选人，并票选出班长来。（创造）

## [场景：小丑门神]

郭师："你看，他把画成的样子，多么有想象力啊。"

雪芬师："我不知道耶。"

郭师："那你为什么选他啊？"（transactional mode）

雪芬师："我通常都是尊重学生的意见，因为少数服从多数。我不会要求他们一定要听我的。这样比较公平。"

郭师："哦，感谢老师英明。"（礼貌原则：得到澄清后的感谢）

雪芬师："哦，没有没有。"（礼貌原则：对别人的感谢作出谦逊的回应）

**教学活动 9　对话的交易模式（Transaction mode）**

• 这一段对话属于交易模式（transactional mode），郭老师问雪芬老师为什么选上古阿明，雪芬老师回答了这个问题。

**任务活动 9**

　　情境：去年同学的生日派对在一家小娘惹餐厅举行，你觉得很成功。今年你也想去小娘惹餐厅庆贺生日，你问同学以下几个问题：

1. 如何向小娘惹餐厅订位？

2. 小娘惹餐厅如何收费？

3. 小娘惹餐厅有没有折扣？

**教学活动 10　礼貌原则（Politeness Principle, PP）（HA/MA）**

• 郭老师的问题得到了澄清，所以礼貌地表达感谢，雪芬老师也对他的感谢作出了谦逊的回应，二人都遵守了沟通交际的礼貌原则[14]。

**任务活动 10　礼貌原则**

　　情境：你生日收到很多贺卡和礼物，你要回感谢卡，感谢朋友的贺卡和礼物。

---

14 合作原则、礼貌原则及关联原则是语用学上指导会话的三条重要原则。Leech（1983）提出礼貌原则，属于人际修辞（interpersonal rhetoric）即"为人处世"的策略。"和谐类"（convivial）语言如祝福、感谢等，本质上是礼貌的。谦逊准则（Modesty Maxim）则是"礼貌原则"六条准则之一。G.N. Leech, Principles of Pragmatics, Longman, London, 1983.

**[场景：美术特训班第一次上课]**

> [美术教室，校长和教务主任站在教室前。古阿明跑进教
> 室。]
>
> 教务主任："古阿明，你怎么来了？赶快回家去。"
>             （寻问）
>
> 明："我还不能回家，我是四年乙班的代表。"（回答）
>
> 教务主任："你怎么可能当代表啊？"
>             （根据回答再寻问）
>
> 明："我真的是四年乙班的代表啊。"（再次澄清）
>
> [郭老师跑进教室]
>
> 教务主任："郭老师，这怎么回事？"
>
> 师："古阿明，找位置坐啊。"
>
> 明："谢谢老师。"

**教学活动 11　关联准则**（maxim of relation）（HA）

　　托马斯（Thomas, 1995）认为，言语交际过程中的说话者
意义（speaker meaning）可以分为两个层次：表层的话语意义
（utterance meaning）和深层次的话语之力（utterance force），
后者即说话人的交际意图（communicative intention），亦即
话语中常含有的大量潜在意义（meaning potential）。

**任务活动 11**

　　教务主任问郭老师为什么古阿明能当代表，但郭老师没

有回答主任的问话，却请古阿明坐下来，为什么？（判断）

分析：

虽然先前郭老师已从雪芬老师那里得悉古阿明当代表的原委，但他对主任的问题故意违反了"关联准则（maxim of relation）"[15]，换句话说，郭老师说了一句毫不相干的话，迳自叫阿明坐下，对主任的问话"有所不答"，因为郭老师知道这个问题不好回答，不答也罢。Leech（1983）认为人们违反"合作原则"是出于礼貌，所以郭老师故意转移话题，反而是一种礼貌，保全了大家的面子。

[场景：老师自我介绍]

师："好了，现在你们猜这个是什么？"

全班同学："云。"

师："对，那这一大片呢？"

全班同学："天。"

师："好，那这个咧？"

全班同学："锅子。"

师："那所以老师的名字呢？就叫做……"

全班同学七嘴八舌："云天锅："。云天，不对，郭云天。"

---

15 关联准则（maxim of relation）是答其所问，或答非所问，或有所答有所不答。是 Grice 会话含义推导准则之一。

> 师：“对，没错。所以老师的名字叫做……”
>
> 全班同学：“郭云天。”
>
> 师：“对，请大家多多指教。”

## 任务活动 12（HA/MA/LA）

在师生的一问一答之间，还有老师对学生回答的回应。请你把它们找出来。

> 参考：
>
> 郭老师说的“对、好、不对”等，是对学生回答的回应。

## 任务活动 13（HA/MA/LA）

郭老师最后说：“请大家多多指教。”有什么用意？（理解）

> 参考：
>
> 符合礼貌原则的谦逊准则。

[场景：学生自我介绍]

> 师：“既然我们是图画课，所以现在自我介绍，当然也要用画的。没错，现在呢就换你们，换你们画名字给老师猜，好不好？”
>
> 全班同学：“好。”

师："很好啊，老师看懂了啊。"

林志鸿："这么丑。"

师："这么丑啊。"（表示）

"如果你不喜欢这一张，再画一张给老师看好吗？"

## 任务活动 14　礼貌原则（HA）

林志鸿说古阿明帮他画的画很丑，郭老师也用"这么丑啊"来回应他，郭老师也同意这张画画得很丑吗？（判断）为什么？（分析）

分析：

这是一种"礼貌原则"[16]。也就是说，郭老师这一句"这么丑啊"肯定了林志鸿的观点，帮他保全了面子。要往下发展，才能看得出回应者（老师）真正的观点。比如电影中，老师说："各位小朋友，今天的题目啊和美丑无关喔，今天是画自己的名字，所以只要你们画的让老师看懂了，通通可以得 100 分。"从这里可以看得出回应者（老师）的观点：不以一般的美丑来衡量孩子们的画。

---

16 Leech（1983,2005）借鉴并发展了 Brown & Levinson（1978,1987）的"面子保全论"（Face-Saving Theory）。考虑到自己和对方的"积极面子"（positive face，也叫"正面面子、正向面子"），也就是说想要得到别人的赞赏、赞同和肯定的心态。

图 5：自我介绍：郭云天

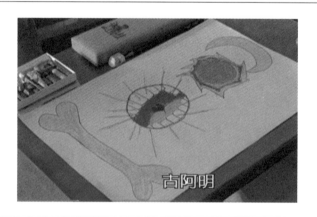

图 6：自我介绍：古阿明

**[场景：庙前写生]**

> [庙前写生，古阿明到处去逛，林志鸿坐在庙前拿去年同一地点的写生来看]
>
> 师："这是你去年画的啊？"（翻到画的背面看到三年乙班）
>
> 林志鸿："是啊。"
>
> 师："虽然这个地方都一样，可是因为时间的不同，会发生不同的故事，也会出现不同的人，还有天气啊，跟我们人的心情啊都会不一样，对不对？那为什么你的画几乎都一样一样呢？"
>
> 林志鸿："我，我不知道耶。"
>
> 师："丢掉，丢掉，丢掉。"（老师边摇林志鸿的头边说）

**仼务活动 15（HA/MA）**

老师说"丢掉"，指的是什么？为什么老师边说边摇林志鸿的头呢？（理解）

**教学活动 16（HA/MA）**

林志鸿说："是啊。"是师生间的一问一答。而片头阿明说："是哦。"则是回应郭老师说的话，本身没有意义，是副语言，具有语言的交际功能（见活动 2）。

**任务活动 16**

比较二段对话里的"是哦"，说一说它们是否一样？为什么？

| 片头 | 回应郭老师 |
|---|---|
| 阿明："你不画喽？" <br> 郭师："不画了，今天没灵感，改天再画啦。" <br> 阿明："是哦。" | 师："这是你去年画的啊？"（翻到画的背面看到三年乙班） <br> 林志鸿："是啊。" |
| 副语言 | 问答 |

**［场景：画风］**

师："好啦，各位小朋友，今天我们要画的呢，就是风。"

（全班哗然大叫）

师："夏天的风。"

（全班哗然大叫）

师："好，那高温有 38 度 C 的风。"

（全班哗然大叫）

师："那树人国小的风。"

（全班哗然大叫）

师："那树上吹来的风。"

[只有古阿明一人，开始在白纸上图满了红色，和红色的勾勾，代表卷起来的风]

（全班哗然大叫）

师："地球上的风。"

（全班哗然大叫）

师："月球上的风。"

（全班哗然大叫）

## 任务活动 17（HA/MA）

老师是怎么教学生画"风"的？（分析）

## [场景：看海]

[小生弟死了，老师带古阿明去看大海，安慰古阿明的心]

师："古阿明，这就是大海啦。"

明："哇，好大的海哟。"

师："很久很久以前，人们还以为地球是平的，像这样子一样那么平。"

明："地球是圆的啊，不然为什么要叫它地'球'？"

师："对哦，老师小时候真的比较笨，也一直以为地球是平的啊。因为怎么看，地球都像是平的样子。"

[老师买一盒蜡笔送给阿明]

## 任务活动 18　找伏笔和线索（HA/MA）

　　请说一说片头看海的情节是不是突然出现的？为什么？
（分析）

### [场景：人体素描]

> 师："小朋友，坐好喽。各位小朋友，今天老师准备了一
> 　　些全世界最伟大的画家的作品幻灯片，等一下我们一
> 　　起来看，然后看完之后，告诉老师你们的感想，好
> 　　吗？"
>
> 全班同学："好。"
>
> [老师给学生看"阿维侬的少女"，被校务主任请去校长
> 室。学生则留在教室自己拿幻灯片在看。古阿明看到了一
> 张大卫像的裸体]

## 任务活动 19（HA/MA）

　　猜一猜古阿明看到了画，接下来会发生什么事？（创造）

> 参考：
>
> 明："阿不拉，走快一点啦，快一点啦。"
>
> 游志坚："阿明，我还是不敢啦。"
>
> 明："你是不是男子汉啊，快点啦。"
>
> 游志坚："我不要啦。"

明："我又不会怎样。快走快走。"

[二人来到了竹林，阿明帮游志坚脱去上衣和长裤。游志坚
不肯脱内裤]

游志坚："不要啦，我不要啦，你这个色狼。"

明："快点啦。"

游志坚："不要。"

明："好啦，要不然这样（比出一个双手向上的姿势）。"

游志坚双手环胸而抱。

明："好，好，比一次。"（游志坚试各种姿势）

明："这样子。"（阿明做示范，显出手上的肌肉来）

（游志坚站在小土堆上比姿势）

明："再过来一点啦。"

游志坚："这样吗？"

明："重比啦。"

明："这样子。"（阿明再次做示范，显出手上的肌肉来）

游志坚："行吗？。"（游志坚边试新姿势边问）

明："好，停。不要动哦。"（阿明认真地画）

游志坚："算了，豁出去了。要不怎么是兄弟。"（裤子
　　　　在竹林间飞）

明："赞啦。"

游志坚："阿明，你给我画帅一点。"

明："放心啦。"

[场景：茶园对话]

师："古阿明。"（老师在茶园里一直追着古阿明）

[二人站着，不知如何开启话题（不知从何说起）]

明："算了，阿母叫我不能怪你。"（由古阿明开启话题）

师："古阿明，老师对不起你。"（老师鞠躬）

明："别这样，不用了。搞不好我根本没有老师说得那么好。"

师："老师相信自己没有看错人。你也要相信自己的才华啊。"

明："可是我又没有被选上。"

师："那我们就自己去。"

明："去哪里？"

师："县比赛算什么，我们去跟世界比赛。"

明："世界……"（意义协商：听者重复听不懂的地方）

师："嗯，世界。（回应者重复刚才所说）。我们去参加这个世界比赛，拿一个世界冠军回来。"（说者解释）

明："世界冠军……。世界冠军很大吗？比林志鸿那个大吗？"（意义协商：听者直接发问）

（镜头拉远，师生握手。师把阿明抱起来转圈）

师："就这么说定哦。"

明："嗯。"

师："好好画。"（交一叠画纸给阿明，摸摸阿明的头）

明："没问题。"

师："古妈妈，我先回去了。"

古妈妈："老师再见啦。"

## 任务活动 20　开启话题"（HA/MA）

任务：模仿下面的对话，开启一个话题。

师："古阿明。"（老师在茶园里一直追着古阿明）

[二人站着，不知如何开启话题（不知从何说起）]

明："算了，阿母叫我不能怪你。"（由古阿明开启话题）

情境：你不小心把同学的书弄到地上，地上正好是湿湿的，你向同学一直道歉，同学都不理你，你要开启一个吸引他的新话题，好让他开口。（创造）

## 任务活动 21　意义协商（HA/MA）

影片中有一幕茶园对话，郭老师去茶园找古阿明，为了安慰他未能代表班级参加县美术比赛，老师鼓励他去"拿一个世界冠军回来"，连"海"都没有见过的阿明，怎么知道"世界"呢？所以这段对话里，老师和阿明间就出现了一段精彩的"意义协商"过程：

师："县比赛算什么，我们去跟世界比赛。"

明："世界……"（复述：听者重复听不懂的地方）

师："嗯，世界。（复述：回应者重复刚才所说）。我们去参加这个世界比赛，拿一个世界冠军回来。"（澄清：说者解释）

明："世界冠军……。世界冠军很大吗？比林志鸿那个大吗？"（澄清要求：听者直接发问）

师："等老师有一天带你走遍全世界，你就知道了。"（说者修正、调整并用重新组织语言解释）

---

参考：

在任务型语言教学中，通过意义协商过程，学习者能够获得更多的可理解性输入；意义协商促使学习者调整、修正他们的输出，以使他们的语言输出更加接近正确和准确的语言形式；经过交互式地调整后的输入和输出最接近学习者的现有水平，因而能够最大限度地被学习者接受，从而促进语言学习。

## 任务活动 22　补白（HA）

在古阿明生前，郭老师去茶园找古阿明谈"拿一个世界冠军回来"的时候，电影的镜头突然拉远，远远地只看到古阿明伸出手要打勾勾，但老师却伸出握手的姿势。二人握手后，老师抱起古阿明转圈圈。老师离去后，一直在茶园观看他们的古妈妈才问阿明什么事使他那么高兴，古阿明故作神秘地说："这是男人的约定。"

　　猜猜看，师生间到底谈了些什么，让他们那么高兴？
（创造）

---

参考：

片尾有一幕是郭老师到茶园思念阿明，叠映入二人当时的谈话，这是以回忆的方式加以补白。让学生看电影的补白画面，来印证先前的猜测：

师："等老师有一天带你走遍全世界，你就知道了。"

明："你要带我去全世界？"

师："嗯，老师的梦想啊，就是走遍全世界，画遍世界的风景。到时候，老师很希望有你一起作伴。"

明："要去多久？"

师："随便啊。"

明："好，打勾勾。"

师："我们握手，像男人的约定一样。"

明："老师，那我可不可以带猫咪一起去？"

师："可以。"

明："Yeee"

师："我们一起带猫咪去好了。"

明："Yeee"

[场景：郭老师的留书]

> 雪芬，请原谅我采取这样的方式跟你说再见。其实当初决定来这里，只是想把画画的快乐传达给孩子们。等有一天他们长大后踫到了麻烦，或遇到难关时，可以用画画来舒缓心情，然后继续面对人生无数的挑战，本来只是这样而已。但我却因为一次比赛而迷失其中。每个人都要为自己做过的事，和对他人犯过的错负责，我对代表权之争所采取的方式，对你和学生所造成的伤害，正是我犯的错。雪芬，可以请你帮我把这幅画寄出去吗？古阿明的这幅画画得很棒吧，只是想到这一出手，关系着古阿明的未来，我又退缩了。夜很安静，满天星星，就像我们那一天在山上看到的，似乎一伸手就触摸得到，但是，又好远好远。请你帮我多照顾古阿明，也保重自己。云天。

### 任务活动 23　书面互动（HA）

　　郭老师留书给林雪芬老师，请她帮忙照顾古阿明，但是后来猫咪死了，古阿明也因感冒肺炎快要死了。此时，假设你是林老师，请写一封信给郭老师，告诉他此一消息，并希望郭老师能够来看看古阿明。（创造）

> 参考：
>
> 云天，真希望这个时候有你在身边，古阿明生病了，急性

肺炎。因为太晚送医的关系，现在情况非常危急，都是我不好，我应该早点去看他的。云天，你可以抽空来一趟吗？真希望可以赶快见到你。雪芬。

## 三　结语

上文分别析论新旧二片的情节内容、文化意涵、语言表达、互动策略等，并根据情节发展，设计了不同的任务活动。

在任务活动设计方面，首先分别根据布鲁姆（Bloom）教育目标、沟通交际、话轮、意义协商等来加以设计。布鲁姆教育目标方面，如旧片任务 1 让学生从爸爸的话语和口气中，判断他是否赞成阿明画画，以加深学生对影片的理解。又如旧片任务 2.2 让学生角色扮演，以姐姐的身分来回应阿明的话，提供了创造语言的机会。沟通交际方面，如新片任务活动 1 让学生角色扮演，跟邻居打招呼。意义协商方面，如旧片任务活动 3 先让学生观察影片中如何意义协商，再针对不了解的故事情节，要求学生用意义协商的方式来加以理解。话轮方面，如新片任务 2，给出捐东西给老人院的情境，让学生练习将话轮转换生成新话轮的对话。其他任务，如新片任务 10 根据礼貌原则写感谢函，如新片任务 9 根据对话交易模式来询问信息等。其次，有的任务也依学生语言能力标记出 HA、MA、LA 三种不同程度，比如新片任务活动 7 给程度较高的学生（HA），从"并存话轮"的意思中来加以判断，提供老师进行差异教学的参考。再其次，互动任务中设计了口语互动，如新片任务 20；以及书面互动，如新片任务 10 和 23。

由于新旧电影的拍摄的时间相距甚远，从中可以看出时代背景造成了语言和文化上很大的改变，故可探讨的口语互动和书面互动的教学元素中是以新片为多。至于本文所关注的文化、沟通交际、互动的意义协商、话轮四个层面，旧片中有关重男轻女的文化议题，在新片中已经消失了，足见传统走向现代的轨迹。而沟通交际三模式在对话中随处可见，且随时转换，也就是说有时突然有一人发表长篇大论，像是在表达演示（presentational mode）；可是当回应的人转换话题时，二人之间的对话又变成了人际互动（interpersonal），最典型的例子是旧片中姐姐划着木筏在跟弟弟说教，但弟弟完全没有听进去，只自顾自地想把眼前的山水画下来，姐姐虽然牵就了弟的话题，但仍没有放弃自己的话题，所以姐姐说："那你就要听话，快快长大。"此外，在意义协商和话轮的生成与转换方面，新旧二片都有很多的例子，足以作为教学的示例。故本文以长篇小说为基底，二部电影为析论的范例，探讨的层面虽多，但都围绕着具有文化意义的交际互动和任务上，希冀有助于口语互动和书面互动的教与学。

# 参考文献

Grice H. P. (1967) Logic and Conversation in P. Cole and J. Morgan eds., Syntax and Semantics, Vol.3: Speech Acts. Academic Press, New York

Krashen S. The Case for Narrow Reading. *Language Magazine* 2004, 3 (5):17-19.

[http://www.sdkrashen.com/articles/narrow/index.html] （检索日期：30-6-2011）

Leech, G.N. (1983) *Principles of Pragmatics*. London: Longman.

Long,M.H. (1980). Input, interaction and second language acquisition. Unpublished doctoral dissertation, University of California, Los Angeles.

Long,M.H. (1983). Linguistics and conversational adjustments to non-native speakers. Studies in Second Language Acquisition, 5, 177-193.

Munby, J. (1978) *Communicative Syllabus Design*. Cambridge: Cambridge University Press.

Nunan D. (2001) *Designing Tasks for the Communicative*

*Classroom.*人民教育出版社

Pica, T., Kanagy, R. & Falodun, J. (1993) Choosing and Using Communicative Task for Second Language Instruction. In T. Crookes and S. Cass (eds.), Tasks and Language Learning: Integrating Theory and Practice, 9-34. Clevedon, Avon: Multilignual Matters.

Prabhu, N. (1982) *The communicational project*, South India. Madras: The British Council.

Skehan, P. (1996) A Framework for the Implementation of Task Based Instruction. Applied Linguistics 17, 38-62.

Skehan, P. (1998) *A Cognitive Approach to Language Learning.* Oxford: Oxford University Press. 语言学习认知法　上海 上海外语教育出版社　1999 年

Willis, J. (1996) *A Framework for Task-based Learning.* London: Longman.

电影《鲁冰花》视频在线：http://v.youku.com/v_show/id_cc00XMjE0OTE5MDg=.html

# 用戏剧浇灌学生的文学花苞
## ——以新诗为例的提议

周小玉

## 提 要

本文从新加坡文学教学论述欠缺的现象谈起，阐述教育戏剧在新加坡文学教学的意义。教育戏剧是一套以学习者为中心，具创意性、互动性和对话特性的教学方法。以戏剧作为教学的工具往往将学习内容具象化、肢体化和视觉化，与新诗诉求意象的特徵不谋而合。因而，本文提议以戏剧为教学的方法培养新加坡中学生对于华文文学的兴趣和赏析能力。

关键词：教育戏剧、戏剧习式、新加坡文学教学、新诗、意象、海魂

# 一 前言

当世界各国同声赞扬新加坡的双语教育政策之际，新加坡政府却如火如荼地展开新一轮的母语教改，距离二○○四年的华语教改[1]，七年之后又再次推动华语教育的改革（新加坡教育部[2]，2011），在在都显示出新加坡对华语教育的积极性和贯彻力。然而，积极教改的作为其来有自，原因之一就是新加坡学生学习华语的兴趣低落，导致学生华语文能力日渐下降（吴英成[3]，2010；赵守辉、王一敏[4]，2009；Zhang & Liu[5]，2005），这不仅是当前教育亟欲改善的现象，同时也是一直以来，新加坡华语文教学的困境。

华文文学课程，虽然只有部分新加坡学生修读，但不可

---

1 新加坡教育部课程规划与发展司：《华文课程与教学法检讨委员会报告书》（新加坡：教育部，2005年）。

2 新加坡教育部：《乐学善用——2010母语检讨委员会报告书》（新加坡：新加坡教育部，2011年）。

3 吴英成：〈新加坡双语教育政策的沿革与新机遇〉，《台湾华语文研究》第5卷第2期（2010年），页63-80。

4 赵守辉、王一敏：〈语言规划视域下新加坡华语教育的五大关系〉，《北华大学学报社会科学》第10卷第3期（2009年）。

5 Zhang, D. & Liu, Y. (2005). Pinyin Input Experiments in Early Chinese Literacy Instruction in China: Implications for Chinese curricular and pedagogic reform in Singapore. Paper presented at the international conference on education, Redesigning Pedagogy: Research, Policy, Practice, National Institute of Education, Nanyang Technological University, Singapore.

讳言的，这正是新加坡华文教学中的一大难点（陈志锐[6]，2011），此一观点呼应了十年前新加坡诗人，同时曾任教育部课程规划与发展署助理署长梁春芳[7]（2003）对华文文学教学的观察，他认为新加坡社会和教育界普遍重视华文教学，却忽视文学教学，因此呼吁调整并革新文学教学方法。然而，时至今日，关于文学课程的研究、论述和师资培训的探究，依然还在萌芽阶段。

本文的主要目的便是提议通过教育戏剧辅助文学教学，并以新诗为例展开教学设计。教育戏剧是一套以学习者为中心，并且具创意性、互动性和对话特性的教学方法，可以协助提升华文教师的文学教学。

本文内容如下：在说明写作缘由之后，我会从文学教学论述欠缺的现象谈起，简介教育戏剧以及其教育基础。之后我会提出新诗教学中意象丛理的重要性和必要性，再以教学设计示范说明如何运用教育戏剧进行新诗教学，并说明教学设计重点以及教育戏剧对新加坡华文文学教学的意义。最后，我会简介教学设计中所使用的戏剧习式。

---

6 陈志锐：《新加坡华文及文学教学》（杭州市：浙江大学出版社，2011年）。

7 梁春芳：〈关于文学教学的几点想法〉，《新加坡华文教学论文三集》（新加坡：莱佛士书社，2003年），页141-150。

## 二 新加坡的文学教学研究和论述

我们似乎不得不同意前述学者的观察和看法，虽然过去也有相关文献探讨新加坡文学教学，但是很有可能是因为选修新加坡文学课程的学生占少数，所以相对于华文教学的论著和研究，与华文文学相关的论述还是相当薄弱。因此，本文在文献的引用方面遇到困难。以新加坡华文研究会出版的七套华文教学丛书为例，共收录约十篇与文学教学有关的文章，但是完全未见实证教学研究的论文。其中一篇主要在介绍媒体教学配套，希望借此提升学生学习文学的兴趣（林保圣[8]，2001）；有二篇著作介绍运用诗歌于小学识字教学中（林保圣[9]，2003）以及使用小学教材中的诗歌进行创意思维的教学（许福吉[10]，2003）；另一篇论及美学与教学的关系（黄嘉豪[11]，2003）；另外二篇则分析新华新诗的语言特点

---

8　林保圣：〈多媒体文学教学新姿彩——资讯科技与文学教学〉，《新加坡华文教学论文二集》（新加坡：莱佛士书社，2001年），页168-173。

9　林保圣：〈儿歌、歌谣、绕口令和古诗在识字教学的功用〉，《新加坡华文教学论文三集》（新加坡：莱佛士书社，2003年），页163-172。

10　许福吉：〈小学华文教材与诗歌教学〉，《新加坡华文教学论文三集》（新加坡：莱佛士书社，2003年），页151-162。

11　黄嘉豪：〈美学与教学〉，《新加坡华文教学论文三集》（新加坡：莱佛士书社，2003年），页173-178。

（梁春芳[12]，2009）和茅盾作品中的欧化表达（陈家骏[13]，2009）。仅有三篇与华文文学教学直接相关，梁春芳[14]（2003）提出他对于文学教学的思考，认为灌输式的教学不适合当代的学子，因而需要创新的教学法；此外文学教学需注重、审美和鉴赏文学语言，不能当作语言教学。另外二篇是教学法的初探，提供高中教材中现代戏剧《茶馆》的教学方案（陈志锐[15]，2009），以及谈到修辞教学的重要性和方法（刘宇丹[16]，2009）。

再以新加坡华文教师总会和新加坡华文教研中心共同发行的华文学刊为例，从二〇〇三年到二〇一一年，九年来发表的文章总数为一百三十五篇，然而，论及新加坡文学教学的文章仅有六篇，不到百分之四点五的比例。其中一篇分享硕士课程的诗篇教学反思（云惟利[17]，2005），另外二篇则是小学文学教学与教材编写的研究报告，虽然只是尝试性研

---

12 梁春芳：〈从句子到风格：战后新华新诗的语言学解读〉，《新加坡华文教学论文六集》（新加坡：莱佛士书社，2009年），页190-206。

13 陈家骏：〈茅盾作品中的"欧化"表达〉，《新加坡华文教学论文六集》（新加坡：莱佛士书社，2009年），页206-232。

14 同注7

15 陈志锐：〈现代戏剧教学的实践和初探——以《茶馆》为例〉，《新加坡华文教学论文六集》（新加坡：莱佛士书社，2009年），页232-246。

16 刘宇丹：〈文学课程中的修辞教学初探〉，《新加坡华文教学论文六集》（新加坡：莱佛士书社，2009年），页247-254。

17 云惟利：〈考卷上的诗篇：评论几个学生的应试作品与平日习作〉，《华文学刊》第六期（2005年），页40-61。

究，但是研究意义却非常深重，两份报告均强调以儿童为本位的文学教学，提倡以体验和想象的方式进行教学，以增加学生的学习兴趣和教学成效（王爱玲[18]，2004；曾惠君[19]，2004）。另外三篇与中学文学课程有关，其中两篇分别提出以复述教学和多元智能的理论来推展小说教学（谢世涯[20]，2003；钟国荣[21]，2006），可惜的是，这两篇文章仅是教学方法的引介，并不在实证研究之列。最值得一提的是梁荣源[22]（2009）的文章，文中呼吁正视文学鉴赏教学和师资培训的重要性，并就文学教师该具有的专业知识进行探讨，该篇文章是过去十年多来，新加坡少见针对文学教学师资培训，提出深度见解的文章。

在众多论著当中，特别值得关注的便是陈志锐[23]（2011）的《新加坡华文及文学教学》个人论文集，当中收录有关使用 ICT、电影和戏剧结合文言文和现代戏剧的探究，可谓新

---

18 王爱玲：〈以儿童为本位的儿童文学教学尝试〉，《华文学刊》第四期（2004年），页130-138。

19 曾惠君：〈儿童文学教材编写新尝试〉，《华文学刊》第三期（2004年），页118-126。

20 谢世涯：〈文学作品的复述教学——以小说作品为例〉，《华文学刊》第二期（2003年），页32-50。

21 钟国荣：〈多元智能与新加坡学校的武侠小说教学〉，《华文学刊》第七期（2006年），页79-91。

22 梁荣源：〈从图像到文字，从文字到图像——文学鉴赏：习得、学习、课程〉，《华文学刊》第13/14期（2009年），页63-73。

23 同注6。

加坡文学教学研究的先驱论述。然而，总的来说，当前新加坡和华文文学、小说和新诗相关的研究，可说是微乎其微，也可视为目前新加坡华文研究的遗珠之憾。从新加坡两大学术刊物的产出来看，很明显地，中学和高中阶段的华文文学教学与研究，长期处于边陲地带，一般学者对该领域的重视可说是少之又少。目前正值新加坡编审新版的中学华文与文学课程之际，然而却面临新加坡学子对华文逐渐失去兴趣的挑战，因此，为了延续新加坡华文文学种子的文化与使命，华文文学在教学、研究与师资培训的深度开发，可说是刻不容缓。

## 三　教育戏剧

Drama in Education（DiE）源自英国，教育戏剧界常译为教育戏剧，是一套强调以戏剧为教学方法，但却不舍弃戏剧为艺术表现形式的理论与技巧。需要注意的是，教育戏剧虽然保留了戏剧的艺术表现，但是并不是一般概念里专业戏剧的训练课程，或者教导学生排练和演戏。换言之，戏剧是教育和教学的方法（Heathcote[24]，1984；O'Neill[25]，1995；

---

24 Heathcote, D. (1984). Dorothy Heathcote-Collected Writings on Education and Drama. London: Hutchinson Education.

25 O'Neill, C. (1995). Drama Worlds: A Framework for Process Drama. Portsmouth, NH: Heinemann.

Neelands & Goode[26], 2000; Neelands[27], 2004; O'Toole & Dunn[28], 2002)。

教育戏剧是一套具备严谨的教育理念，同时又兼具实施技巧的教学方法。事实上，教育戏剧的哲学基础与教育理念，与其他科目，如数学、社会等相似，教育理念是以学习者本位出发、以体验式教学为主、重视学习者新旧经验的鹰架、并强调对话和知识的共同建构（周小玉[29]，2007）。该教学方法的实施强调以戏剧为方法，并以戏剧作为教学的媒介，同时强调教学过程。教学者引领学习者主动参与和探索教学内容，与所学内容或文本互动，藉由亲身体验（Neelands[30]，1992）了解自己对教学内容的感受与看法的同时，也认识他人的观点，进而深化教学内容或文本，最后扩大或改变自己对文本内容或议题的了解。如上所述，教育戏剧的课室实践，重视学习者参与的过程，而不是以学习者戏剧产出的结果为目的。

教育戏剧的实践，往往透过教学策略来进行，这些策略

26 Neelands, J., & Goode, T. (2000). Structuring Drama Work - A Handbook of Available Forms in Theatre and Drama (2nd Ed.). Cambridge: Cambridge University Press.

27 Neelands, J. (2004). Beginning Drama 11-14 (2nd Ed.). London: David Fulton.

28 O'Toole, J., & Dunn, J. (2002). Pretending to Learn: Helping Children Learn through Drama. Frenchs Forest, N.S.W.: Pearson Education.

29 Chou, S.-Y. (2007) Primary Classroom Teachers' Integration of Drama. Unpublished PhD Thesis, University of Warwick, UK

30 Neelands, J. (1992). Learning through Imagined Experience - The Role of Drama in the National Curriculum. London: Hodder & Stoughton.

统称为戏剧习式（drama conventions）（Neelands & Goode[31]，2000），也就是戏剧教学的方法，或称手法、惯例和技巧。戏剧习式与当代社会、文化和生活息息相关，尤其是剧场和戏剧的传统，它也可能是不同文化里的生活仪式，如开会、访问等方法。戏剧习式的使用目的在于营造不同于真实生活中教师和学生的身分，建构戏剧情境中时间、空间及人物存在的不同可能性。因此，教育戏剧的成功关键之一在于学习者与教学者之间有共识，愿意一同运用想象力，并在"假如是"（if）的戏剧框架下进行教与学（Neelands[32]，1984; Neelands[33]，1992; Heathcote[34]，1984; O'Neill[35]，1995）。此外，教学者的角色不是知识的灌输者或传授者（Neelands[36]，2004; Heathcote[37]，1984; O'Neill[38]，1995; O'Toole & Dunn[39]，2002），而是制造学习机会，让学习者参与课程内涵的探讨，从而支持他们建构和统整知识的引导者。

---

31 同注 26。
32 Neelands, J. (1984). Making Sense of Drama – A Guide to Classroom Practice. London: Heinemann Drama.
33 同注 30。
34 同注 24。
35 同注 25。
36 同注 27。
37 同注 24。
38 同注 25。
39 同注 28。

## 四 新诗的意象教学

新诗为文学之体，有其独特的性质，通过种种的艺术创作手法，如象征、意象和暗示来表达和吐露作者内心世界（朱自清、吴梅、闻一多[40]，2009；孙玉石[41]，2007）。意象是新诗独有和重要的特质，诗人和诗评家简政珍[42]（1999）认为意象是诗人的思维，也有人提出意象是诗的符号、诗的内涵（林雪玲[43]，2007）、或是诗的基本结构单位。诗人主观情感的观照，是藉由客观的意象烘托出其含蓄凝练的意境氛围，以虚实相杂的联系，在化情为景的过程中，使用双关、暗喻、象征和隐喻等创作手法进行意象的组合。诗的意象可以是单一或是以意象群的方式出现，不同意象的使用，彼此相关联，而自成一套意象系统，也是意象运作的常见方式（潘丽珠[44]，2004）。

意与象的审美结合是诗歌教学里极重要的元素，美学家

40 朱自清、吴梅、闻一多：《诗词十六讲》（北京市：中国友谊出版社，2009年）。

41 孙玉石：《中国现代解诗学的理论与实践》（北京市：北京大学出版社，2007年）。

42 简政珍：《诗心与诗学》（台北市：书林，1999年）。

43 林雪玲：〈以启发诗性思维为导向的新诗教学设计及其实作成果分析〉，发表于第一届思维与创作学术研讨会（2007年）。

44 潘丽珠：《现代诗学》，二版（台北市：五南图书出版公司，2004年）。

朱光潜[45]（2006）认为情景契合，"情趣与意象的忻合无间"是诗的理想境界。职是之故，我们应该透过意象的教学，启发、调动和陶养学生对诗中意象的感性情趣和理性思悟。台湾诗人萧萧[46]（1999）认为现代诗教学要注重诗的意象、诗的节奏、诗的结构和诗的想象；陈丽贞[47]（2011）推举意象的教学是鉴赏新诗之钥。与此同时，新加坡中学华文文学的课程标准也强调意境教学的重要性，说明诗词创作"主要诉诸形象思维，注重情景交融，重视意境的塑造"[48]（MOE, 2006a）；因此教学应"引导学生注意诗人所描绘的景物特征，由此把握作品中的意象，以及意象与意象间的内在联系，从而体会诗词作品所创作出来的意境，还有这些意境当中所浮现出来的诗人形象和思想感情"[49]。

## 五 运用教育戏剧进行新诗教学

提高学生理解、分析和鉴赏文学的能力，一直是新加坡中学与高中华文文学课程的目标（MOE[50], 2006a; MOE[51],

---

45 朱光潜：《诗论》，二版（合肥市：安徽教育出版社，2006年），页57。
46 萧萧：《中学生现代诗手册》（台北市：翰林，1999年）。
47 陈丽贞：〈意象：现代新诗鉴赏的钥匙〉，《现代语文》（2011年）。
48 新加坡教育部：《中华华文文学课程标准》（新加坡：新加坡教育部课程规划与发展发展署，2006年a），页29。
49 同前注48，页29。
50 同注48。

2006b)，但是，单凭教师的讲解和分析，恐怕难以达成。拥有超过十年的实证研究经验，结合戏剧与文学教学的香港学者何洵怡[52]（2011）认为，戏剧教学确实能提升文学赏析。意象的感受和思辨是新诗赏析的教学重点，因此我将以新加坡文化奖得主——诗人淡莹的《海魂》为内容，示范并说明如何运用教育戏剧习式创造、建构、体验意象，进行新诗教学（如下表）。

## （一）〈海魂〉一诗[53]

〈海魂〉的作者淡莹，为新加坡著名诗人，〈海魂〉与徐志摩的〈再别康桥〉、郑愁予的〈错误〉，是新加坡高中华文与文学（H2）课程中的唯一三首现代新诗作品。该诗篇的创作背景，源自于作者一九七九年某日在报上看到一帧越南难民浮尸海上的照片一九七六年南北越统一后，越南政府在南方展开阶级斗争，许多老百姓的生存权利被无情地剥夺。数百万越南船民在一九七〇年代后期投奔怒海，造成铺天盖地的难民潮。在此哀嚎悲鸣的时代框架下，有关越南触目惊心的战事报道，牵动了诗人悲天悯人的情怀，触发了

---

51 新加坡教育部：《大学先修班课程标准——华文及华文文学》（新加坡：新加坡教育部课程规划与发展发展署，2006年b）。

52 何洵怡：《课室的人生舞台》（香港：香港大学出版社，2011年）。

53 原文附于文末。

〈海魂〉一诗的创作[54]。

## （二）结合教育戏剧的新诗教学设计示例

| 设计者：<br>周小玉 | 教学内容：<br>〈海魂〉 | 学生人数：<br>20 | 总课时：<br>3 小时 |
|---|---|---|---|
| 总教学目标 | 教师透过教育戏剧习式，引导学生<br>1. 感受新诗的情感体验<br>2. 发挥想象力，建构诗的意象<br>3. 诠释、体会和鉴赏〈海魂〉的各诗段意境<br>4. 理解诗中各意象间的联系关系<br>5. 理解作者寄托在诗中的情感与思考 | | |

| 教学目标 | 教学活动与实施流程 | 教学活动/<br>戏剧习式 | 时间<br>（分） |
|---|---|---|---|
| 学生能对 1970 年代的越南有基本了解 | 1.《1970 年代的越南》<br>➤ 教师播放制作好的简报，提供越南 1970 年代的时代背景、政经状况、一般家庭的居住环境和生活方式。 | ICT | 5 |
| 学生能建构越南 1970 年代的家庭成员生活情形 | 2.《我的家/我家的财产清单》<br>➤ 学生一组五人为 1970 年代里的越南家庭，讨论共有五人的三代成员是谁？其中一定至少要有稚子一个、年迈长辈一个、还有父母亲。学生每人选定一个角色扮演，并讨论家庭里大家平日生活 | 小组讨论 | 15 |

----

54 本段落内容摘自伍木文学评论网，取自http://www.wumuwenxuepinglun.blogspot.com/

| 设计者：周小玉 | 教学内容：〈海魂〉 | 学生人数：20 | 总课时：3 小时 |
|---|---|---|---|
| 学生能了解自己家庭里全部的财产 | 的情形和彼此的关系。<br>➤ 全家讨论家中所有的财产，包括动产与不动产，在清单最后一项是全家大家最珍惜的东西，因为大家对该项东西，依恋很深。 | | |
| 学生能创造出全家快乐共餐的画面，并提出看到画面的感受或看法<br><br>学生能以所扮演的人物表达感受 | 3.《最快乐的晚餐》<br>➤ 学生以所扮演的家庭成员，回忆和讨论家里最快乐的一次晚餐，当时吃饭的情形和大家的谈话内容。<br>➤ 学生定镜最快乐的晚餐的画面，教师请全班五组展示画面后，询问学生看到不同晚餐画面的感受或想法。<br>➤ 教师依组别的定镜，以思绪追踪的方法，了解当事人心中的感受和想对家人说的话。<br>➤ 教师提问学生对越南一般家庭生活的了解。 | 小组讨论／定镜／思绪追踪 | 15 |
| 学生能感受到家中生活的改变 | 4.《家人会议》<br>➤ 教师使用简报说明越南的政权转换，局势变乱的情形，每个家庭担心未来安危和生活，不知如何是好。<br>➤ 学生创造出当时每个家庭的晚餐画面。教师让学生展是各组画面 | ICT<br><br><br><br>定镜 | 25 |

| 設計者：周小玉 | 教學內容：〈海魂〉 | 學生人數：20 | 總課時：3 小時 | |
|---|---|---|---|---|
| 學生能對父親買舟逃亡的計劃，做出角色該有的反應，並提出自己的看法 | 後，提問在畫面人物的臉上，看到了什麼。<br>➤ 每個家庭的父親要小孩離開去做功課，並與家中的大人開會，說出買舟逃亡的想法，希望能先到自由之土為家人鋪路，但是需要賣掉家中全部財產才可能與他人共買舟船離開。每人對買舟逃亡的決定做出聽到這決定後的反應。<br>➤ 教師思緒追蹤定鏡裡的人物，問其看法。<br>➤ 教師提問讓學生思考當時的越南人民為何有逃亡的念頭。 | 會議<br><br>定鏡/思緒追蹤 | | |
| 學生能與入戲的教師進行買賣 | 5.《賣家當買舟》<br>➤ 每個家庭討論因為時間緊迫，所以必須大家分頭變賣財產，並在清單裡寫下，每項財產應該要換到的錢，扮演小孩子的學生可跟隨大人。每人撕下需要變賣的東西，一件一件向收購的員工賣出。<br>➤ 教師入戲扮演收購財產的員工，要服務五個窗口，每位學生扮演家中成員賣出家中財產，東西的人，當員工問："你要賣什麼" | 學生入戲<br><br><br>教師入戲 | 15 | |

| 设计者：周小玉 | 教学内容：〈海魂〉 | 学生人数：20 | 总课时：3 小时 | |
|---|---|---|---|---|
| 学生能表达必须卖掉几乎所有家产的感受 | 扮演的学生则与员工对话。因为要卖家产的人多，所以他会稍加刁难想卖东西的人，因为他只能按照老板的指示，无能为力。<br>➤ 学生以众生相的方式，表现出要全部卖出家里几乎所有家当的感受。<br>➤ 教师提问学生对所参与的活动的感受和看法。 | 众生相 | | |
| 学生能共同建构出最珍惜东西的形象<br><br>学生能说出失去珍物的感受 | 6.《最珍惜的家当》<br>➤ 家长向家中成员告知买舟的钱还是不够，除非卖掉大家最珍惜的东西。<br>➤ 家庭成员使用教室里可使用的物品，建构出最珍惜东西的形象。<br>➤ 家中成员以角色身分，对着最珍惜的东西，说出自己对即将永远失去该样东西的独白。<br>➤ 教师提问学生对所参与的活动的感受和看法。 | 建构空间<br><br>独白 | 10 | |
| 学生能创造出离别的意象<br><br>学生可就个人和人物的观点，说出感受 | 7.《离别/送行》<br>➤ 家中成员定镜送父亲离开的一幕，即各家庭离别情景。<br>➤ 教师提问学生对所见场面的感受。<br>➤ 学生再回到定镜画面，教师思绪 | 定镜/思绪追踪 | 10 | |

| 设计者：<br>周小玉 | 教学内容：<br>〈海魂〉 | 学生人数：<br>20 | 总课时：<br>3 小时 |
|---|---|---|---|
| 和看法 | 追踪人物的想法与感受。<br>➢ 教师提问学生对所参与的活动的<br>感受和看法。 | | |
| 学生能以连续的定镜，展现所扮演角色的心境和看法 | **8.《一天后、十天后、一个月后》**<br>➢ 扮演逃亡者学生阅读〈海魂〉第一段诗句，依诗中的内容，做出不同时间的定镜。扮演家中成员的学生阅读第四段诗，从"我只知道……"诠释讨论逃亡后一天后、十天后和一个月后的情形。<br>➢ 展示逃亡者和家中成员在不同时间的等待定镜，教师以思绪追踪的方式在不同定镜里提问戏剧人物的感受与想法。<br>➢ 教师提问学生，逃亡者可能成功吗?家人会得到逃亡者讯息?彼此认为在未来的一天，有可能相见吗? | 定镜/思绪追踪 | 30 |
| 学生能参与扮演，并试着说服教师入戏的角色<br><br>学生能表达当事人的感受或看法 | **9.《公海对话》**<br>➢ 教师请家庭成员扮演公海里的海域线，另外一群学生创作出大海的音效，扮演公海海域线的同学则根据音效的旋律做出波浪起伏的动作。<br>➢ 教师和前来偷渡海域的逃亡者对话。 | 律动/声效配衬/学生入戏/教师入戏/定镜/思绪追踪 | 10 |

| 设计者：周小玉 | 教学内容：〈海魂〉 | 学生人数：20 | 总课时：3 小时 |
|---|---|---|---|
| | ➢ 教师定镜逃亡者，并问他们的感受或看法。<br>➢ 学生阅读〈海魂〉第二段诗句，教师提问故事的结果会是如何？大家对这故事的个人看法和感受。 | | |
| 学生能以新闻写作的方式道出所经历过的故事 | 10.《二个月后报纸上的一则新闻》<br>➢ 教师说明所探索的故事出现在报纸上的一角落，学生写出该事件的新闻。<br>➢ 学生阅读〈海魂〉第五段。 | 新闻写作 | 20 |
| 学生能诠释创造出各诗段的主意象，并以朗诵方式呈现<br><br>学生能根据讨论议题，提出看法 | 11.《阅读《海魂》诗段主意象》<br>➢ 学生阅读〈海魂〉全诗，每组创造出一诗段的定镜，并以朗诵方式呈现。<br>➢ 分组讨论和发表以下其中一个议题：<br>　1）作者如何使用意象<br>　2）意象间的关系如何联系<br>　3）作者欲烘托的情感<br>　4）作者想表达的意图和思想<br>　5）通过戏剧和意象，个人的情感体验历程<br>➢ 教师对新诗[海魂]进行总结，并针对学生在整个过程的学习，给予总反馈。 | 定镜/集体朗诵/讨论/发表 | 25 |

## （三）教学设计说明

因考虑学生对一九七〇年代的历史背景缺乏，在教学设计上，特别使用半小时的时间，通过讨论和意象建构的方式，建立起学生对当时越南一般老百姓的初步了解，之后以反差方式，瓦解原主要人物的内心挣扎和期待，渐渐地感受到身为家中一员的失落感，在充满期待与希望的最后时刻，竟是破灭的到来。

整个教学设计侧重戏剧习式定镜和思绪追踪的使用，希望听到人物处在当下的感受和看法；教师在整个教学过程中，也就是每个戏剧活动的教学干预后，回到现实生活的师生关系，以中立角度审视自己在戏剧活动中的体验。最后的两个活动，以近一小时的时间，让学生以中立的角度来解读诗作。对比戏剧想象世界的主观参与和现实生活，以客观角度省思并鉴赏诗作，透过意象的探索，提供学习者表达个人感受与看法的机会和空间，激荡出学生对〈海魂〉一诗的理解、分析与鉴赏。

综观新加坡中学和大学先修班的华文与华文文学的课程标准，两者皆不约而同地提醒教师，华文文学的教学不该局限于应试导向的窠臼，反而应当正视文学鉴赏教学的重要性，在诗词的教学上要"引导学生把握意象与意象之间的内在连系……，以激发学生的联想"[55]。笔者的教学示例，以定镜，即意象的呈现，为主要教学引导方式，便是希望能够带动学生丰富的联想。将教育戏剧习式融入文学教学的同时，除了强调教师的鹰架功能之外，还希望能够加强学生学习的积极性，透过渐进式的教学设计和师生的频繁互动，教师在学生阅读和理解文学作品的过程中，提供其"感受、体验、想象和品评艺术形象"[56]的学习机会。这样的文学教学方式，不仅凸显了学生的主体性，同时重视学生本身认知与情感的投入与参与，教育戏剧的使用是以体验和视觉的方式来调动和激活学生的经验，对于华文学习兴趣或能力低落的学生，从学习者的角度出发，相信将能增强新加坡学生学习华文文学的兴趣和参与度。

## （四）戏剧习式

这里仅就教学设计示例中出现的戏剧教学技巧进行简要介绍，除了众生相是作者自创的戏剧教学技巧，读白和律动是常见的戏剧和舞蹈技巧，新闻写作则是生活中常接触的文本形式，其他戏剧习式的详细说明可参 Neelands & Goode[57]（2000）的戏剧习式。

---

55 同注 48，页 27。
56 同注 22，页 63。
57 同注 26。

| | |
|---|---|
| 定镜 | 该习式目的是以一个静止画面的方式来呈现出故事情节。 |
| 思绪追踪 | 该习式常与定境合并使用，通常是在定镜后轻拍角色的肩膀，让角色说出对当时行为或处境的内心想法。 |
| 会议 | 该习式与日常生活中会议进行的方式相同，参与者扮演角色担任主持人和与会者，共同探讨议程。 |
| 学生入戏 | 该习式的进行是学生扮演角色，发展戏剧故事或探究戏剧的过程。 |
| 教师入戏 | 该习式的进行是教师扮演角色，以角色身分进入戏剧推展教学任务。 |
| 众生相 | 该习式以全员参与的方式，共同表演或呈现对某一事件的态度或看法。 |
| 建构空间 | 该习式目的是参与者以材料或道具，创造出戏剧的空间。 |
| 独白 | 该习式是戏剧中常见的方法，扮演角色的参与者，以公开的方式对着观众说出角色内心的挣扎。 |
| 律动 | 该习式是以移动身体的方式诠释要表达的意念、物品、大自然或事件。 |
| 声效配衬 | 该习式的进行是参与者利用自己或道具创造出的声音，营造出戏剧的情境。 |
| 新闻写作 | 该习式是参与者以中立、个人或特定角色立场，对所经历过的戏剧活动，进行新闻的编写和设计。 |
| 集体朗诵 | 该习式的进行是参与者使用各种口语表现的技巧，如重复、重音、轮流等方式，以有感情的语气诠释文本。 |

# 六 后记

　　本文从新加坡文学教学研究的缺口谈起，说明学生的需要，以及教师引导的重要性，简介教育戏剧后，以实例说明如何运用戏剧支持新诗教学。教学设计的示例，以学生为本位出发，考虑学生在新诗学习上的限制，试图填补目前新诗教学的缺口，提醒教师尽可能地重视学生的感受和看法，学生的诠释和体验，结合意象建构的过程，能提高学生对新诗的理解和分析，也能培养他们对新诗的鉴赏和个人解读。文末，希望能抛砖引玉，带动更多的教师结合教育戏剧与新诗教学，让学生体验一场兼具理性与感性的学习之旅。

# 七 附录

〈海魂〉　淡　莹

倾尽一生血汗，买舟
舟成了风雨飘摇的家
渡海，航线成了无岸之旅

甚至水都有身份有国籍
不容混淆，不许擅改
而你什么都没有，除了沧桑
你的国籍是淼淼的公海
陆地变成今生唯一的奢望

外交会议上，紧握着人权的
手，何时才伸展到浩瀚水面
把一张张被遗弃的焦虑脸孔
粘贴在备忘录上

经过湛蓝海水的洗礼
我无从探听你的姓你的名

我只知道

你是你父母终日倚闾的

　　　　一脉香烟

你是你妻子午夜梦回的

　　　　刻骨相思

你是你稚儿嗷嗷待哺的

　　　　全然依傍


而狂涛呢，狂涛是强烈的

消化液，消化了舢舨舴艋

也迅速消化了香烟相思

之后，排泄一串污浊的泡沫

第二天，在世界各大报章上

成为一则无关痛痒的新闻


后记：一九七九年某日在报上看到一帧越南难民浮尸海上的
　　　照片，有感而作。

# 参考文献

朱自清、吴梅、文一多　《诗词十六讲》　北京　中国友谊
　　出版社　2009 年

朱光潜　《诗论》　二版　合肥　安徽教育出版社　2006 年

何洵怡　《课室的人生舞台》　香港　香港大学出版社
　　2011 年

简政珍　《诗心与诗学》　台北　书林　1999 年

孙玉石　《中国现代解诗学的理论与实践》　北京　北京大
　　学出版社　2007 年

陈丽贞　《意象：现代新诗鉴赏的钥匙》　《现代语文》
　　2011 年

潘丽珠　《现代诗学》　二版　台北　五南图书出版公司
　　2004 年

萧　萧　《中学生现代诗手册》　台北　翰林　1999 年

陈志锐　《新加坡华文及文学教学》　杭州　浙江大学出版
　　社　2011 年

陈志锐　〈现代戏剧教学的实践和初探——以《茶馆》为
　　例〉　《新加坡华文教学论文六集》　新加坡　莱

佛士书社　2009 年　页 232-246

林雪玲　以启发诗性思维为导向的新诗教学设计及其实作成
　　　　果分析　发表于第一届思维与创作学术研讨会
　　　　2007 年

吴英成　〈新加坡双语教育政策的沿革与新机遇〉　《台湾
　　　　华语文研究》　第 5 卷第 2 期　2010 年　页 63-80

赵守辉、王一敏　〈语言规划视域下新加坡华语教育的五大
　　　　关系〉　《北华大学学报》　社会科学版　第 10
　　　　卷第 3 期　2009 年

刘宇丹　〈文学课程中的修辞教学初探〉　《新加坡华文教
　　　　学论文六集》　新加坡　莱佛士书社　页 247-254
　　　　2009 年

陈家骏　〈茅盾作品中的“欧化”表达〉　《新加坡华文教
　　　　学论文六集》　新加坡　莱佛士书社　页 206-232
　　　　2009 年

黄嘉豪　〈美学与教学〉　《新加坡华文教学论文三集》
　　　　新加坡　莱佛士书社　页 173-178　2003 年

梁春芳　〈关于文学教学的几点想法〉　《新加坡华文教学
　　　　论文三集》　新加坡　莱佛士书社　页 141-150
　　　　2003 年

梁春芳　〈从句子到风格：战后新华新诗的语言学解读〉
　　　　《新加坡华文教学论文六集》　新加坡　莱佛士书

社　页 190-206　2009 年

许福吉　〈小学华文教材与诗歌教学〉　《新加坡华文教学论文三集》　新加坡　莱佛士书社　页 151-162　2003 年

林保圣　〈多媒体文学教学新姿彩——信息科技与文学教学〉　《新加坡华

文教学论文二集》　新加坡　莱佛士书社　页 168-173　2001 年

林保圣　〈儿歌、歌谣、绕口令和古诗在识字教学的功用〉　《新加坡华文教学论文三集》　新加坡　莱佛士书社　页 163-172　2003 年

新加坡教育部　《乐学善用——2010 母语检讨委员会报告书》　新加坡　新加坡教育部　2011 年

新加坡教育部　《中华华文文学课程标准》　新加坡　新加坡教育部课程规划与发展发展署　2006a 年

新加坡教育部　《大学先修班课程标准——华文及华文文学》　新加坡　新加坡教育部课程规划与发展发展署　2006b 年

新加坡教育部课程规划与发展司　《华文课程与教学法检讨委员会报告书》　新加坡　新加坡教育部　2005 年

Chou, S.-Y. (2007) Primary Classroom Teachers' Integration of drama. Unpublished PhD Thesis, University of Warwick,

UK.

Heathcote, D. (1984). Dorothy Heathcote−Collected Writings on Education and Drama. London: Hutchinson Education.

Neelands, J. (1984). Making Sense of Drama−A Guide to Classroom Practice. London: Heineman Educational.

Neelands, J., & Goode, T. (2000). Structuring Drama Work−A Handbook of Available Forms in Theatre and Drama (2nd Ed.). Cambridge: Cambridge University Press.

Neelands, J. (1992). Learning through Imagined Experience− The Role of Drama in the National Curriculum. London: Hodder & Stoughton.

Neelands, J. (2004). Beginning Drama 11-14 (2nd Ed.). London: David Fulton.

O'Neill, C. (1995). Drama Worlds: A Framework for Process Drama. Portsmouth, NH: Heinemann.

O'Toole, J., & Dunn, J. (2002). Pretending to Learn: Helping Children Learn through Drama. Frenchs Forest, N.S.W.: Longman.

Zhang, D. & Liu, Y. (2005). Pinyin input experiments in early Chinese literacy instruction in China: Implications for Chinese curricular and pedagogic reform in Singapore.

Paper presented at the international conference on education, Redesigning Pedagogy: Research, Policy, Practice, National Institute of Education, Nanyang Technological University, Singapore.

# 文学教学里文本教学的 ISET 提问策略
## ——以散文为例

邱佳琪

## 提 要

在文本教学的过程中，有效的提问起着引导的作用，能使学生更有系统地理解文本关键信息，进而为之后的分析、评价等高阶思维与理解层次奠定基础。但缺乏对提问目标、内容与流程的意识等问题，仍是目前教学中普遍的现象与难题，导致提问的有效性大大降低。因此本文针对教材中常见的记叙文及其文体特征，设计出一套提问策略"ISET"，由信息（Information）、结构（Structure）、评价（Evaluation）、主题（Theme）型提问组成。这四种提问涵盖了记叙文的教学要点，即文本的重点、架构、立场与主旨，以此基础进行目标与步骤明确的提问与教学。本文不仅介绍了 ISET 提问策略中每种提问类型的目标与内容，并进一步结合文本展示该提问策略如何与实际教学有效地融合，提升文本教学的有效性。

**关键词：提问策略、文本教学、ISET、散文、记叙文**

# 一 研究背景与意义

华文文学教学主要以文本赏析、写作、文学史这三大方向为基础，而在二〇一一年宣布的新加坡中学华文文学教学课程里，文本教学在文学史的比重减少以后，将会成为更为重要的教学重点。因此掌握文本教学的有效策略也就成为提升课堂教学效率的关键，使教师能在有限的课时内做出有效的引导，而学生也能运用相应的阅读理解技能来达到对文本的理解与欣赏。《新加坡华文及文学教学》一书也指出："在进行文学批评的教学时，特别是在新加坡的中学与高中课程中，教导学生进行文本的细读应该是首要任务。"[1]以华文文学中的文本教学来说，每种文类（genre）有一定的特征，例如在结构、语言、写作手法等方面有各自的特点，而掌握不同文类的不同特征，能让学生更深入、有系统地组织文本的信息，了解文本的主题，提升文本教学的效率。例如篇章结构、段落重点、所记叙的人事物或情感核心是散文教学的关键；小说的人物塑造、情节发展、意象与叙述手法是文本赏析中不可忽略的教学重点；典故、修辞手法和诗人写作背景是解读诗歌的几个重要面向；而戏剧教学除了实践

---

[1] 陈志锐：《新加坡华文及文学教学》（杭州：浙江大学出版社，2011 年），页 245。

与互动以外，剧本解析则以人物与背景设定、情节走向、戏剧冲突与张力为主。

在新加坡的华文教材或推荐读物中，散文篇章都占有一定的比例，其中又以记叙文为主，并且散文以较贴近生活的叙述方式与语言形式，来达到记人记事、抒发情感、议论说理的目的，学生较容易掌握。本文集中探讨散文中记叙文的教学策略，并锁定在提问策略方面。因为提问是教学中常见并且可操作性较强的方式，但若缺乏对提问目标、内容与流程的意识，提问的有效性可能会大大降低，进而使提问停留在随意、重复的层面，学生的回应也只限于表层信息或已知信息的作答。而有效的提问起着引导的作用，能使学生更有系统地掌握文本关键信息，进而为之后的理解、分析、评价等高阶思维与理解层次奠定了基础。因此本文参考 Bloom和 Sanders 的提问分类（见下节文献综述部分），针对记叙文的文体特征，设计出以"ISET"为核心的提问策略，由信息型（Information）、结构型（Structure）、评价型（Evaluation）、主题型（Theme）提问组成，以此基础进行目标与步骤明确的提问与教学，提升文本教学的效率，并促进课堂中师生互动与生生互动的交流。

## 二　文献综述

　　近年来新加坡华文教学往灵活、实用的方向发展，能让学生以生活化、互动式的方式学习成为教学的重点，因此对话教学的理念成为许多教学模式参考的对象。以对话教学为基础的提问就是其中一个广为使用的教学策略。自 B. S. Bloom 在《教育目标分类手册：认知领域》一书中列出六项认知性目标：知识、理解、应用、分析、综合、评价，提问分类也有了很大的进展[2]。Sanders 以此为基础，将提问分为七类：记忆性问题、转换性问题、解释性问题、应用性问题、分析性问题、综合性问题、评价性问题[3]。而在关于课堂提问的研究中，Stevens 曾通过录音和观察分析一百名中学教师在四年间的教学语言行为，平均每天约提问三百九十五个问题[4]；Corey 观察中学课堂一周后发现在每节为时五十分钟的教学中，教师平均提问二百至二百七十二次[5]；二〇

2　Bloom B S. A taxonomy of educational objectives, Handbook I: Cognitive Domain, New York: Mckay, 1956；转引自黄伟：《对话语域下的课堂研究》（上海：上海师范大学博士论文，2008 年）。

3　Sanders, N. M. Classroom questions: What kinds? New York: Harper & Row, 1966.

4　Stevens, R. The question as a measure of efficiency in instruction: A critical study of classroom practice, Teachers College Contributions to Education, No 209, New York: Teachers College, Columbia University, 1912.

5　Corey, S. M. Teachers' questioning and activity, *Research on the Foundations of American Education*, Washington DC: American Educational Research Association,

〇二年上海某教育学院则抽取了六所中小学，发现教师每堂课的提问次数平均在三十次以上[6]；另有报告在二〇〇五年指出中学教师平均一点七分钟就提问一次[7]。但是，提问策略虽然被广泛使用在教学中，很多时候提问却未必能达到其效果。例如 Borg 归纳多次研究结果后指出每节课大约有百分之七十一的时间用于教师提问行为，提问内容有百分之五十三属于记忆性问题，思考性问题只占百分之七，提问后等待回答的时间长度，平均为一点九三秒[8]。

新加坡在二〇〇三至二〇〇五年间收集的中小学课堂教学数据，其中小五华语课堂数据揭示了教师平均每分钟提出二点一四个问题，其中约百分之六九点零八为选择性问题和事实性问题，即只要求学生选择一个答案或给出事实性信息，这些问题不需要学生积极使用语言参与课堂话语活动，而那些能够激发学生深度话语参与的解释性问题和论评性问题，只分别占百分之二四点五九和百分之五点九七。而在教师提出的二千五百九十七个问题中，以教学目的来区分，约百分之二四点零三的问题用于课堂组织；用于讲授目的的问

1939.

6　邱家军：〈课堂提问的类型与技巧〉，《山东教育科研》，2002 年第 6 期，页 44-46。

7　朱郁华：〈课堂提问：调查与诊断〉，《中小学管理》，2005 年第 3 期，页 38-39。

8　Borg, W. R. The minicourse as a vehicle for changing teacher behaviour, Los Angeles: American Educational Research Association, 1969.

题则大部分用于词汇教学和课文内容讲解，约占百分之五六点八三；关于语篇教学（百分之零点八九）或学习策略（百分之零点五四）的问题却占极少数。基本的提问策略则分为新提问与重新提问两种，全部提问中非扩展性提问（新提问）约占一半（百分之四八点零九），重复问题（重新提问）占了百分之一九点七五。但在全部提问中，约一半的提问（百分之四八点四四）没有得到学生的回答，百分之三七点六六只得到学生的单一回答，得到学生多个回答的仅占百分之十三点九。研究总结表示："新加坡华文课堂上教师的问题大都只要求学生进行答案选择或让学生补充事实性信息，而很少让学生针对问题进行解释或论证。对教师提问的教学目的的分析显示，教师提问大部分围绕课本内容，以词汇教学为中心，对于认知水平较高，对学生阅读能力发展非常重要的语篇/体裁知识则很少涉及。"[9] 可见与语篇或文本教学相关的提问策略的缺乏与重要性。Gall 与 Hollingsworth 更指出教师常犯重述问题、自问自答及重述学生答案等毛病，弱化了提问的功效[10]。因此，为了达到实际的互动与引

---

9　张东波、赵守辉、刘永兵：〈新加坡华文课堂的教师提问与师生互动〉，《语言教学与研究》2008 第 3 期。

10　Gall, M. D., The use of questions in teaching, *Review of Educational Research*, 1970, p. 40, 707-770.

　　Hollingsworth, P. M. Questioning: the heart of teaching. The Clearing House, 1982, p. 55, 350-352；转引自黄伟：《对话语域下的课堂研究》（上海：上海师范大学博士论文，2008 年）。

导效果，提问应该建立在目标明确的基础上，而非随机、重复地提问并且停留在已知信息的层面，否则不仅浪费了课堂时间，更容易让教师陷入"自说自话"的陷阱，表面上对学生作出了大量的提问，实际上提问的内容停留在表层，并没有提供学生进一步思考、重整、分析或提出个人看法的空间，因此学生的回应（甚至没有回应）也难以有新的信息或有意义的产出。

　　另一方面，关于记叙文结构的论述中，胡壮麟指出在各类型的语篇结构中，叙事结构是其他语篇种类的基础[11]；Ambruster 与 Taylor 则认为 "L2 students who recognize text structure independently（though not necessarily consciously），and make use of it in their comprehension processing, are likely to comprehend better and recall more information"[12]，即能独立辨识文本结构（即使不一定是有意识地辨识）并运用在理解过程的二语学习者，通常能达致更好的理解并获取更多讯息。而对于记叙文的构成与分类也各有说法，例如记叙文结构形式有纵式结构、横式结构、综括式结构三种[13]；或 Van

---

11　胡壮麟：《语篇的衔接与连贯》（上海：上海外语教育出版社，1994 年）。

12　Armbruster, B., Anderson, T., & Meyer, J., Improving content area reading using instructional graphics, *Reading Research Quarterly,* p.26, 393 – 416, 1991.
　　Taylor, B., Text structure, comprehension, and recall. In S. Samuels & A. Farstrup (Eds.), *What research has to say about reading instruction*, p. 220 – 235. Newark, DE: International Reading Association, 1992.

13　张寿康（1983）、杨振道、韩玉奎（1984）：记叙文的结构形式有三种：一，按

Dijk 指出记叙文的宏观结构（macrostructure）为 Setting-Complication-Resolution-Evaluation-Moral[14]。而其中 Labov 的分析相当完整，他指出叙事可包括点题 abstract、指向 orientation、进展 complicating action、评议 evaluation、结果/结局 resolution、回应 coda；完整的叙述包括指向、进展、结局、回应，评议则渗透在进展和结局之中[15]，本文在文本教学的记叙文结构部分主要参考 Labov 提出的模式。

## 三　ISET 提问策略

散文的内容主要有叙事、抒情、议论几类，本文所探讨的是记叙文类，也就是以写人写事为主的散文。基本上，教学目标决定提问内容与策略，因为提问的目的是让学生掌握

---

照时间顺序和时间情节发展的顺序安排材料所构成的纵式结构；二，按照地点、人物或材料性质的不同来安排材料的顺序所构成的横式结构；三，按照客观事物的感受、印象、观点、态度，按照思想感情的发展情绪，把生活中的不同时间综合概括起来，形成一个总的观点，表达这思想感情，从而构成的综括式结构。转引自刘文杰，记叙文的及物性与篇章结构，发表于第七届现代应用文国际研讨会（香港大学教育学院主办），2003 年。

14　Van Dijk, T. A. Text and context: Explorations in the semantics and pragmatics of discourse. London: Longman, 1977.
　　Van Dijk, T. A. Macrostructures: An interdisciplinary study of global structures in discourse, interaction, and cognition. Hillsdale, New Jersey: Lawrence Erlbaum Association Publishers, 1980.

15　Labov, William, Sociolinguistic Patterns, Philadelphia: University of Pennysylvania Press, 1972；转引自刘文杰，记叙文的及物性与篇章结构，发表于第七届现代应用文国际研讨会（香港大学教育学院主办），2003 年。

信息、反映想法，所以希望学生达到什么样的学习目标，就决定了提问的内容，而不是随机、重复、停留在表层或已知信息的提问。而有系统地引导，加上配合教学目标的提问内容，就形成了策略。而文本中的信息在不同部分、段落呈现或暗示，通过适当的策略引导学生有系统地去掌握、组织信息，就能一步一步地产生对文本意义的理解，从而达到文本赏析的目的。

本文针对记叙文的文体特征而设计出的提问策略 ISET，由信息（Information）、结构（Structure）、评价（Evaluation）、主题（Theme）四个层面的提问组成。这四种提问涵盖了记叙文的主要教学重点，也就是文本的主旨、架构、重点与传递的价值观或寓意。学生在阅读后撷取关键信息并进行重整，以达到对文本中人、事、物、关系的理解，然后从文本内容的发展，结合作者或叙事者的评议与回应，掌握文本的主题及其中所传递的精神与启示。在提问流程方面，这四种提问可以形成完整的文本教学系统，也可独立采用，例如当教师的目标是让学生学会重整文本信息，可重点教导信息型提问与相应的思考、回应技巧；若希望强化学生分析、评价的高阶思维能力，则可运用评价型提问去引导学生进行讨论。而将四种提问结合可进行有系统的教学步骤，在完成重整信息与理解结构后，进行深层的思考与评论并掌握文本的核心概念与精神。策略的基本架构与提问顺序适用于一般文本教学模式，但也视情况与教学需求保留弹性，例如教师希望学生掌握通过文本标题与关键词推测全文大意的能力，则可在阅读前先采用主题型提问 T 中的题型，然后才进入内容讲解与讨论，经过 I、S、E 的提问环节后，最后回到 T 的部分，验证文本的主题与意义是否与学生所推测的一致。

### 表 1：ISET 提问类型、目标与题型重点

| 提问类型 | 提问目标 | 提问内容/题型例子 |
| --- | --- | --- |
| 1 信息型 | 提取文本关键信息与重点 | · 文本描写的是什么事/人？<br>· 故事发生的时间、地点、涉及的人<br>· 主要人物有什么特征与表现？ |
| 2 结构型 | 理解文本内容的起承转合 | · 这一段主要表达了什么内容？<br>· 事件与人物经历了怎么样的发展过程或转折？<br>· 文本的开端与结局如何？是否有什么样的不同或对比？ |
| 3 评价型 | 分析叙事者的立场与读者提出看法 | · 作者/叙事者作出了什么评论？<br>· 你是否认同叙事者的评价/文本中的某句话？为什么？<br>· 你认为某人物是怎么样的一个人？ |

| | | · 如果是你，你会怎么做/想？ |
|---|---|---|
| 4 主题型 | 掌握文本的主旨与传递的寓意 | · 文本的核心概念是什么？<br>· 文本的发展与结局传达了什么样的精神或价值观？<br>· 人物/情节/结局/全文让你得到了什么感想或领悟？ |

信息型提问的目标是提取文本中的关键信息与重点，让学生能通过梳理信息的过程，更清楚地认识文本中人、事、时、地、物的形态、特征与关系，把文本信息作出系统化的重整。在达到表层信息的理解后，这些信息也将成为学生在阅读理解过程中的"资源库"，即他们在进行更深一层的分析、评价时，可以运用文本信息进行阐释与联结，为他们的论述提供合理的依据。信息型提问的其中一种示范就是六何法提问，即由何事（What）、何人（Who）、何时（When）、何地（Where）、为何（Why）、如何（How）组成的"5W1H"。而在记叙文教学中，由于记叙文是以记人记事为主的散文，因此信息型提问可分成三大方向，一是与人物相关的信息，包括外形、行为、对白、性格特征、态度，与人物之间的关系；二是以事件为基础，整理事件发生的背景、起因、过程、转折、结果、影响。但是事件或情节的发展与文本的整体结构有密切的关系，因此六何法中关于过程

的"如何（How）"将在后面的结构型提问中进一步运用；三则是写作手法的分析，例如叙述手法上的顺叙、倒叙、插叙、跳叙，人物刻画上的夸大、对比、比喻等等，以及不同的书写方式的效果或意义。信息型提问的题型例子主要有：

- 文本描写的是什么事？
- 文本描写的是什么人？
- 故事发生的时间、地点、涉及的人为何？
- 主要人物有什么特征？例如外貌、衣着、表情神态
- 主要人物有什么样的表现？例如他/她的行为、性格、对白、想法
- 主要人物和别的人物有什么样的接触？例如人物之间的关系、对话、互动方式
- 不同人物的行为、话语、想法传达了什么意义？可以体现出他是怎么样的一个人？
- 文本中用了什么写作手法？
- 这样的写作手法带来什么效果？

结构型提问的目标是整理文本的结构与重点，进而理解其中的发展与意义。如同 Labov 所提出的记叙文结构特点，完整的结构包括六个部分：点题、开端、发展、评论、结局、回应；但主要的记叙文结构模式通常包括开端、发展、

结局、评论这四个部分[16]。而结构型提问能帮助学生概括出文本各段落的中心意义，并从段落之间的关系理解事件或人物关系发展的前因后果。记叙文以描写事件和人物为中心的特点，更让这一种类型的提问扮演重要的角色，因为学生从对这一类提问的信息重整与分析，可以概括出文本的大框架，在掌握段落与段落之间的联系后，对故事的起承转合及其铺垫、展开、结尾的方式，有更深的理解。这也避免了文本教学中，由于讲解与引导上缺乏条理，而使教学停留在解释字词句的层面，而忽略了段落之间的联系与文本的整体框架，最终学生也难以对文本的内容与主题有深层的理解，遑论产生认同或独立思考。以下是结构型提问的题型例子：

- 故事发生的过程是？
- 这一段主要表达了什么内容？
- 这一段的核心语句是什么？
- 文本中事件发生的原因是什么？
- 事件与人物经历了怎么样的发展过程？
- 事件与人物是否经历了某种转折？
- 造成转折的原因是什么？是文本中的某一个人、某一件事、某一句话吗？

---

16 黄国文：《语篇分析概要》（长沙：湖南教育出版社，1988 年）。

- 文本的转折带来了什么样的影响？例如人物的行为、
  态度、思想、关系上的改变
- 文本有什么样的结尾？例如事件的发展结局、人物特
  征的总结
- 文本的开端与结局是否有什么样的不同或对比？

　　评价型提问所包含的意义有两方面，一种是分析文本中
人物与叙事者针对其所遭遇的事件或其他人物所持的立场；
另一种则是读者，即学生对文本的内容、人物、事件、寓意
作出的评价与反馈。第一种类型的评价呈现了人物、叙事者
或作者的立场，他们的观点与评价，既提供了文本里相关的
人事物的信息，同时也表述了某种感想与态度，而这样的态
度，更可以进一步地激发读者的思考，来判断他们对于这样
的评价是否认同，或有更深入、创新的个人看法。评价型提
问可使学生从文本内部的信息整理转而掌控主动权，去对文
本的内容、描写方式、人物形象、核心价值观等因素提出自
己的思考与评断。并且每个学生可能有不同的理解方式与判
断标准，因此学生不仅可对文本、人物进行评价，更可与教
师、同学交换不同的看法，在大家提出自己的立场与依据时
形成脑里激荡的过程，既可达到信息交换、扩大视野的目
的，又可在对话与讨论过程中将文本内化、融入学生的记
忆。另一方面，这类提问也可提升学生的评价能力，训练他

们在提出个人看法时不仅提供价值判断，也能提出相应的理由与依据来支持自己的论述，进而使学生的思维与理解能力往高阶水平发展（评价能力在许多认知层次研究中都属于高阶思维）。以下是评价型提问的题型例子：

- 作者/叙事者作出了什么评论？
- 你是否同意/相信……？
- 为什么你同意/相信……？
- 你认为……是怎么样的一个人？
- 从什么地方可以看出来……是那样的人/他的性格特质？
- 你认为……好或不好？
- 为什么你会这么认为？
- 你有相关的生活经验吗？是怎么样的经验/感受？
- 如果是你，你会怎么做/想？
- 文章中的哪一个地方/哪一段/哪一句话让你这么觉得？
- 你认为有没有更好的解决办法/处理方式？

主题型提问在文本教学中扮演重要的角色，因为关于主题的思考与理解，体现了学生能否掌握文本所传递的精神或隐含的寓意。文本作为文学的载体，其中往往承载了一些与生活、艺术、社会相关的书写，可以是某些社会现象的再现，也可以是某种道德价值观的隐喻。因此，文本教学不应该停留在词句层面的理解，而是深入到文本的主题与精神层面，使学生所学习的不仅仅是知识或阅读理解技能，更是待人处事的态度与关怀社会的意识，使教学上升到对学生人格素养方面的培育。主题的解读可以从文本的引申涵义、艺术审美、道德价值观几个方向探索，实际的引导方式主要有两种，一是寻找核心概念，即从文本的标题、结尾寻找信息，或在各段落的关键词、关键句中概括出文本所强调、着重刻画的是什么样的课题；二是结合信息型提问、结构型提问、评价型提问所得到的线索，对主题进行推测，例如从文本的开端、发展与结局中呈现了什么样的趋势，或叙事者对事件与人物的评价带出了什么结论与启示等等。前者适用于在进行预习或阅读前的阶段，学生根据文本标题、关键词自行或在教师的引导下推测全文大意；后者则适用于阅读中或阅读后的阶段，在对文本整体结构与深层信息进行重整与分析后，学生可对不同的理解与诠释做出讨论交流，通过师生互动与生生互动达到对文本主题的深化与联想。由于主题型提问的作答指向较为集中，因此提问题型主要为以下几种：

- 文本的核心概念是什么？
- 文本的发展和结局反映了什么？
- 文章传达了什么样的精神或价值观？

• 人物/情节/结局/全文让你得到了什么感想或领悟？

## 四 文本教学中的实践

　　由于提问属于可操作性较强的教学策略，接下来将把以上所提出的"ISET"提问策略融入到教学中，以文学课或各地教材中都经常采用的经典散文〈背影〉[17]，对文本教学作出示范，更好地阐释此策略的运用方式及过程。本文所选用的文本出自朱自清的散文集《背影》，也被收录在新加坡于二〇一二年推出的推荐读物《飞跃有情天》[18]中，该书配合中学新教材的教学目标与学习重点，收录一系列相关的文学作品以作深度阅读与写作的引导，〈背影〉就是其中之一。文本内容主要描述叙述者"我"与父亲分隔两地后，回忆起父亲到车站送行时的情景，从父亲的形象描写与两人的互动，体现亲情的微妙与细腻之处。该文本不管是在结构上，或是内容方面都相当符合记叙文的标准模式，也是现代文学中经典的散文代表作，可说是文学教学中重要的一部分，因此选用〈背影〉作为本文教学实践的文本范例。

　　应用 ISET 提问策略，首先通过信息型提问引导学生提取文本的主要信息，以下以图表的方式将展示部分提问内容

17 朱自清：《背影》（北京：西苑出版社，2006 年）。
18 黄绍安主编：《飞跃有情天》（新加坡：玲子传媒出版社，2012 年）。

与相关信息：

## 表 2：信息型提问的题型与信息梳理

| 目标 | 提问题型 | 信息整理的方向（部分直接引用原文） |
|---|---|---|
| 提取文本主要信息 | 文本主要描写什么事？ | 父亲为"我"送行时的情景 |
| | 故事发生的时间是？ | 两年前的冬天 |
| | 故事发生的地点是？ | 前往北京的车站 |
| | 故事涉及的人物是？ | 叙事者"我"、"我"的父亲 |
| | 故事发生的原因是？ | "我"因祖母去世回徐州奔丧，之后回北京念书，与前往南京谋事的父亲在车站分别 |
| | 主要人物有什么外在特征？例如外貌、衣着、表情神态如何 | 1. 父亲是一个胖子，走过去自然要费事些。<br>2. （父亲）戴着黑布小帽，穿着黑布大马褂，深青布棉袍，<br>3. 我那年已二十岁……放在我的皮大衣上。 |
| | 主要人物有什么样的表现？例如他/她的行为、性格、想法 | 1. 我与父亲不相见已二年余了，我最不能忘记的是他的背影。<br>2. 我从北京到徐州，打算跟着父亲奔丧回家。到徐州见着父亲，看见满院狼藉的东西，又想起祖母，不禁簌簌地流下眼泪。<br>3. 父亲说："事已如此，不必难过，好在天无绝人之路！" |

| | | 4.（我）到南京时，有朋友约去游逛，勾留了一日； |
| | | 5.父亲因为事忙，本已说定不送我，叫旅馆里一个熟识的茶房陪我同去。他再三嘱咐茶房，甚是仔细。但他终于不放心，怕茶房不妥贴；颇踌躇了一会。 |
| | | 6.我心里暗笑他的迂；他们只认得钱，托他们只是白托！而且我这样大年纪的人，难道还不能料理自己么？唉，我现在想想，那时真是太聪明了！ |
| | | 7.（父亲）蹒跚地走到铁道边，慢慢探身下去，尚不大难。可是他穿过铁道，要爬上那边月台，就不容易了。他用两手攀着上面，两脚再向上缩；他肥胖的身子向左微倾，显出努力的样子， |
| | | 8.这时我看见他的背影，我的泪很快地流下来了。我赶紧拭干了泪。怕他看见，也怕别人看见。 |
| | | 9.（父亲）已抱了朱红的橘子往回走了。过铁道时，他先将桔子散放在地上，自己慢慢爬下，再抱起橘子走。 |
| | | 10.等他的背影混入来来往往的人里，再找不着了，我便进来坐下，我的眼泪又来了。 |
| | | 11.（父亲）少年出外谋生，独立支 |

| | | |
|---|---|---|
| | | 持，做了许多大事。哪知老境却如此颓唐！他触目伤怀，自然情不能自已。情郁于中，自然要发之于外；家庭琐屑便往往触他之怒。 |
| | | 12.我读到此处，在晶莹的泪光中，又看见那肥胖的、青布棉袍黑布马褂的背影。唉！我不知何时再能与他相见！ |
| | 主要人物和别的人物有什么样的接触？例如人物之间的关系、对话、互动方式 | 1.丧事完毕，父亲要到南京谋事，我也要回北京念书，我们便同行。 |
| | | 2.其实我那年已二十岁，北京已来往过两三次，是没有什么要紧的了。他踌躇了一会，终于决定还是自己送我去。我再三劝他不必去；他只说："不要紧，他们去不好！" |
| | | 3.我买票，他忙着照看行李。行李太多了，得向脚夫行些小费才可过去。他便又忙着和他们讲价钱。我那时真是聪明过分，总觉他说话不大漂亮，非自己插嘴不可，但他终于讲定了价钱；就送我上车。 |
| | | 4.他给我拣定了靠车门的一张椅子；我将他给我做的紫毛大衣铺好座位。他嘱我路上小心，夜里要警醒些，不要受凉。又嘱托茶房好好照应我。 |
| | | 5.我说道："爸爸，你走吧。"他往车外看了看说："我买几个橘子去。你 |

| | | 就在此地，不要走动。" |
|---|---|---|
| | | 6. 我本来要去的，他不肯，只好让他去。 |
| | | 7. 到这边时，我赶紧去搀他。他和我走到车上，将橘子一股脑儿放在我的皮大衣上。于是扑扑衣上的泥土，心里很轻松似的。过一会说："我走了，到那边来信！"我望着他走出去。他走了几步，回过头看见我，说："进去吧，里边没人。" |
| | | 8. 他待我渐渐不同往日。但最近两年不见，他终于忘却我的不好，只是惦记着我，惦记着我这儿子。我北来后，他写了一信给我，信中说道："我身体平安，惟膀子疼痛厉害，举箸提笔，诸多不便，大约大去之期不远矣。" |
| | 文本中用了什么写作手法？ | 1. 倒叙：从"我"与父亲分别两年后的思念为开端，回想起父亲到车站送行时的关怀，体现在"我与父亲不相见已二年余了，我最不能忘记的是他的背影。那年冬天……" |
| | | 2. 插叙："我"在回忆父子两人相处时，对自己不以为然的态度感到愧疚，体现在"我那时真是聪明过分，总觉他说话不大漂亮，非自己插嘴不可"、"唉，我现在想想，那时真是 |

|  |  | 太聪明了！" |
|  |  | 3. 采用平铺直述的方式进行肖像与心理描写 |

信息型提问中的另外一题"不同人物的行为、话语、想法传达了什么意义？可以体现出他/她是怎么样的人？"基本上属于概括题，目的是让学生在把文本信息整理清楚后，进一步思考那些信息所表达的意义。例如文本中的父亲虽然面临家庭与事业上的打击，但在"我"因为感伤流泪时仍表现得镇定自若地安慰儿子，即使没有太多的言语或情感表达，可是从坚持亲自到车站为儿子送行、为了送行李的小费讲价钱、为儿子挑选方便上下车的靠门座位、做了紫毛大衣给"我"、身材肥胖步履蹒跚却仍穿过铁道为儿子买橘子等等行为，一再地呈现了含蓄却深刻的关爱，这也与文本的主题息息相关，即体现了父爱的伟大。

在结构型提问方面，可先以5W1H中的"How"为入门题型，即故事发生的过程是怎么样的，然后进一步去深化对文本结构的理解，先概括出段落的重点，接着分析段落之间的联系，并从其中可能存在的铺垫、伏笔、冲突、转折、延续等等情节发展方式，掌握文本的整体结构。因此结构型提问的模式主要包括段落重点、段落联系、内容对照这三个方面。首先，段落的层面可以每段或每几段为单位，因为有的文本可能有好几段围绕同样的内容核心进行描述。以〈背影〉的段落分析为例，第一段是叙事者"我"对现有状态的点明，在与父亲分别两年的背景下产生对父亲的思念，而思念的核心来自于记忆中父亲的背影；第二到第三段藉由倒叙进入两年前父子相聚时，家中光景惨淡的背景；第四段描写父子两人原本各自北上南下，后来父亲担心儿子所以坚持亲自为他到车站送行；第五段与第六段通过父子之间的对话，与父亲种种细心关切的行为，带出儿子从不屑到感动的心理转折；第七段则从对父亲的记忆过渡到分别两年后，看见父亲书信时所勾起的思念与惆怅。第二部分的段落联系，有助于理解文本中的人物互动方式与情节发展趋向， 相关的"事件与人物经历了怎么样的发展过程？"、"事件与人物是否经历了某种转折/冲突？"、"转折/冲突的原因与影响是什么？"等提问，所带出的就是文本"进展"（complicating action）的脉络。以〈背影〉为例，文本中虽然在人物或情节方面没有明显的冲突，但其实叙事者"我"的想法在与父亲分别的两年间经历了转折，从在车站时"总觉他说话不大漂亮，非自己插嘴不可"、"我心里暗笑他的迂"，到后来觉得"唉，我现在想想，那时真是太聪明了"，感悟到自己当初过于自以为是，不懂得体会、感激父亲的用心良苦。这也呼应了第三部分的内容对照，因为叙事者"我"有了想法上的转变，才会在文本结尾处既为父亲的衰弱而担忧，又思念不知何时才能相见的父亲。

评价型提问所牵涉的两个层面，教师可先引导学生掌握文本内部的评价，然后再让学生提出他们作为读者对文本各方面的看法。文本自身的部分主要在掌握作者、叙事者或人物，对文本中相关人事物与现象的评价。这种评价除了主观性的判断及话语以外，一些客观性的描述也可能投射了叙事者的视角和立场。以人物评价为例，〈背影〉中的叙事者"我"起先对父亲到车站送行的种种表现感到不以为然，但在两年后回想时才发现当初的想法与态度上过于自我，自以为"聪明"却忽略了父亲的付出。在文本内部的评价基础上，教师可进一步激发学生的思考，通过提问和学生进行互动，包括"你是否同意这样的评价？"、"为什么你同意这样的评价？"、"你不同意这样的评价的原因是什么"等等，让学生对于文本内部作者、叙事者或人物的评价提出自己的看法。此外可在此基础上深入进行评价型提问，即让学生提出对于文本中人物、事件的观感与原因，例如"你认为那位父亲是怎么样的人？"、"从什么地方可以看出来那位父亲是那样的人？"、"你认为叙事者对父亲的评价是否恰当？"、"如果是你，你会怎么做/想？"、"你有相关的生活经验吗？是怎么样的经验/感受？"由于不同的切入点与判断标准会导致不同的评价，这一阶段的提问的主要效果在于让学生进行不同意见的交流，从个人所没有思考过的角度去发掘文本内容的更多面向，进而扩大学生的视野，培养他们对文本乃至生活、社会中的各种课题与现象，能从不同角度进行剖析与评议的思维能力。因此这个过程的目的是让学生进行脑力激荡，激发学生的创意与联想，联结文本信息与生活经验，属于可接受多个答案的高层次问题，而不以标准答案去限制学生的作答。

最后来到主题型提问，从前文提到的两种探索主题方法，首先可以从文本标题推测全文的描写中心，以〈背影〉为例，就能从标题联想文本所记述的内容与某个背影有关，包括谁的背影、什么样子的背影、什么情况下出现的背影等等。然后结合信息型提问、结构型提问、评论型提问所重整的文本线索与脉络，分析其中所呈现的意义。例如主题型提问中的"文本的核心概念是什么？"，可以从信息型提问中对父亲的话语、行为以及背影的大量形象描写，得知文本是透过父亲的背影投射出父爱的可贵，体现亲情虽显得平凡却融入于生活中许多小细节的特质。另外"文本的发展和结局反映了什么？"的提问，则可以参考结构型提问中对文本转折与影响的分析，"我"在车站时原本对父亲前来送行的种种举动感到不耐烦，但父亲即使行动不便仍努力地穿过铁道，买来橘子交给"我"后不仅不觉得辛劳，反而"扑扑衣上的泥土，心里很轻松似的"；而儿子在目睹父亲的背影后"我的泪很快地流下来了。我赶紧拭干了泪。怕他看见，也怕别人看见"，刻画出感动却不敢表露情绪的一面。从父亲的嘘寒问暖对比儿子的态度，体现父母不求回报的付出，突显出亲情无私伟大的主题。

## 五　结语

总的来说，在华文文学的教学过程中，有效的提问起着引导的作用，能使学生更有系统地掌握文本关键信息，进而为之后的理解、分析、评价等高阶思维与理解层次奠定了基础。因此本文针对散文中记叙文的文体特征，提出以"ISET"为核心的提问策略，即由信息（Information）、结构（Structure）、评价（Evaluation）、主题（Theme）四个层面所组成的提问系统，以此基础进行目标与步骤明确的提问与教学，提升文本教学的效率。因为步骤明确、目标集中的提问不只能让教师有效地引导学生，当学生熟悉对文本的理解与分析模式后，也可从回应提问转而采取主动去提问他们所不清楚或不认同的地方，并且在自己阅读文本时，通过ISET 的提问模式对自己的思维进行梳理，使学生的阅读与思考过程更趋完整，对提升理解能力与交际互动能力也有所帮助。另外，本文主要介绍了 ISET 提问策略的目标与内容，希望有机会进一步探讨相关的提问模式与反馈，例如哪些提问属于核心问题、当学生无法掌握相关信息时教师应该如何回应或引导、学生提出不同的理解时教师如何给予学生反馈并判断优劣、判断的标准为何等等，为文本教学中的提问找到明确的方向，促成课堂中师生与生生互动的有效交流。

# 参考文献

靳玉乐著　沈小培、郑苗苗、李宝庆编着　《对话教学》
成都　四川教育出版社　2006 年

杨　玲　A Study on Teacher Questioning Strategies and Students
Expectations in College English Classroom　浙江师
范大学硕士论文　2009 年

周汉光　《有效的中文科教学法》　香港　香港中文大学出
版社　2000 年

祝新华　〈阅读教学课堂提问设计：普遍存在的问题与改进
策略〉　《课程·教材·教法》　第 29 卷第 10 期
2009 年

# 比较文学视域与新加坡华文文学教学

南治国

## 提 要

　　较诸于国别文学，比较文学提供的是一种更为开阔的文学视域，让学者在探求不同国家之文学的同时，能够把文学作品放在世界文学的格局和世界文学发展的长河中进行观照，不仅能使我们更深入地了解自己国家和民族的文学，而且能对世界其他国家和民族的文学有"了解之同情"，从而知晓我们自身文学的特异之处，清楚别的国家的文学的同我们自身文学的差异之所在，并能辨考其间相互影响的痕迹，或彼此共通的文学特质。新加坡传统的文学教学模式和文学分析手段使得教学内容太过局限于文学作品的个别文本，学生的阅读范围局促，视野狭窄，容易让学生形成小说赏析的定式和惰性，造成思维方式上的墨守陈规，使学生少有开放性的视野和发散性的思考，也少有可能有读出小说的新意来。本文倡议在新加坡的华文文学教学中导入比较文学的视域，并以《药》为例，展示了通过比较文学的影响研究的方法来进行《药》的教学的创意和深度。

**关键词：比较文学、观念及方法、新加坡、华文文学教学**

# 一　什么是比较文学

比较文学作为一门独立的学科始于十九世纪七〇年代，最早是以梵·第根为代表的法国学者所倡导的注重欧洲各国文学之间的"事实联系"的影响研究。法国学派给比较文学的定义是：

> 比较文学是文学史的一支：它研究国际间的精神关系，研究拜伦和普希金、歌德和卡莱尔、司各特和维尼之间事实联系，研究不同文学的作家之间的作品、灵感甚至生平方面的事实联系。（陈惇、刘象愚，2002，页7）

二战结束后，美国学者，如韦勒克（René Wellek）在法国学派的基础上，提出了比较文学的平行研究的理论，将比较文学的研究范围扩充到文学史、文学批评和文学理论等范畴，认为比较文学的研究，不仅包括那些有"事实联系"的文学关系的研究，也包含那些没有事实关联的跨国界的文学研究，以及探讨文学和其他学科之间的关联的跨学科的研究。美国学派给比较文学的定义，以雷马克的提法最具代表性：

> 比较文学是超过一国范围之外的文学研究，并且研究文学
> 和其他知识及信仰领域之间的关系，例如艺术（如绘画、
> 雕刻、建筑、音乐）、哲学、历史、社会科学（如政治、经
> 济、社会学）、自然科学、宗教等等。质言之，比较文学
> 是一国文学与另一国文学或多国文学的比较，是文学与人
> 类其他表现领域的比较。（陈惇、刘象愚，2002，页 9）

后来，学者们继续提出了适用于文化系统迥异的不同民族的文学研究的"阐发研究"和特别关注一国作家或作品在其他国家的接受情形的比较文学的"接受研究"。[1]

较诸于国别文学，比较文学提供的是一种更为开阔的文学视域，让学者在探求不同国家之文学的同时，能够把文学作品放在世界文学的格局和世界文学发展的长河中进行观照，不仅能使我们更深入地了解自己国家和民族的文学，而且能对世界其他国家和民族的文学有"了解之同情"，从而知晓我们自身文学的特异之处，清楚别的国家的文学的同我们自身文学的差异之所在，并能辨考其间相互影响的痕迹，或彼此共通的文学特质。有鉴于此，季羡林先生特别指出：

> 研究比较文学，最主要的目的就是给我们的借鉴活动找出

---

1 有关"阐发研究"和"接受研究"的详细理论，请参阅陈惇、刘象愚：《比较文学概论》（北京：北京师范大学出版社，2002 年），页 135-152。

一些可遵循的规律，达到事半功倍的目的。我们常说，有
比较才有鉴别，通过不同文学的比较，可以从理论上提高
我们对外国文学的认识；不同文学之间的相同之处何在？
不同之处又何在？产生这些同与异的关键何在？从技巧到
内容，都可以进行对比，从对比中吸取对我们有用的东
西。（北京大学比较文学研究所，1987，页 4-5）

## 二 新加坡对比较文学理论和方法的介绍与 教学

比较文学的理论和方法，新加坡学界其实并不陌生。早
在一九七三年，本地学者王润华教授便已在南洋大学开设了
"比较文学概论"和"西方汉学研究"的课程，向中文系学
生介绍比较文学的学科理论和研究方法，进而引导学生将它
们应用到中国文学的研究上。回顾这段教学经历，王润华教
授有这样的描述：

为了传播这种新技巧与治学方法，尤其希望把它运用到研
究中国文学上去，我在一九七三年十月底开始在南洋大学
中文系教授一门"比较文学概论"。这是一项大胆的尝
试。中文系的学生，除了极少数例外，一般人对西洋文学
或其他学科的知识如政治、心理、宗教知道得不多。同时

他们的英文程度也欠佳，要他们阅读以英文写的关于比较文学理论的文章，实在很困难。为了避免他们因语文而不敢选修他们深感兴趣的科目，我开始细心给他们讲解，后来甚至一篇一篇翻译出来，发给他们参考。我的教法是，在"讲解课"（lecture）时间内，我讲解来自西方的比较文学理论；在"研讨课"（tutorial）时间内，把正课学到的理论，用来分析中国文学作品与问题。

（王润华，1979，页 4）

除了教学，王润华教授也热心地向新马及港台的学术界推广和介绍比较文学的理论和方法。仅从一九七六年七月到一九七七年九月，他连续在《蕉风》月刊上发表了《比较文学的定义与功能》、《比较文学研究的一些基本概念》、《比较文学的概念、历史、研究方法及内容》等九篇译介比较文学学科理论的文章，引起了新马及港台学术界的广泛关注。

一九七九年，王润华教授将几年来编译整理的有关比较文学学科理论的论文结集出版。书名为《比较文学理论集》，共收集了雷马克（Henry H. H. Remak）、奥尔德里奇（A. O. Aldridge）、科斯提乌斯（Jan B. Corstius）、约瑟夫·T·肖（J. T. Shaw）、艾德尔（Leon Edel）、韦勒克（René Wellek）及沃伦（Austin Warren）等七位美国知名比较文学学者的十二篇论文。内容涉及比较文学的定义（概念）、历

史、研究方法、基本观念及功能、以及文学与心理学、文学
与社会、文学与思想哲学、文学与传记等诸多方面。更为难
得的是，每篇都附有参考书目和论文索引，它们都是用比较
文学的方法来研究中国文学的一些实例。这样的编排，使得
原本是西方学者的理论变得具象而生动起来。譬如，他在译
介了约瑟夫·T·肖的《文学影响与比较文学研究》之后，就
附录了十一种"中西影响之比较"和十四种"类同之比较"
的专著和论文，涉及的学者有王润华、林绿、周树华、洛
夫、陈铨、陈世骧、梁实秋、黄维梁、刘绍铭、王国维、古
添洪、侯健、杨牧、陈慧桦、刘沧浪、翱翱、颜元叔、
James Hightower 等十八位学者，几乎囊括了港台和新马主
要学术期刊上的比较文学研究的最新成果。

除了在新加坡教学比较文学和译介比较文学的理论和方
法，王润华教授也身体力行，用比较文学的方法和理论进行
文学的研究。我先前曾撰写了《宏阔的学术视野，本真的诗
人情怀——王润华教授与比较文学》一文，[2]对王润华用比
较文学方法进行文学研究有比较详细的论述，这里，我就略
举两例：

例一：影响研究是比较文学的传统的研究方法，其主要
目的就是阐明各国文学或各民族文学之间相互影响，相互关

---

2　关于王润华与比较文学，请参阅南治国：〈宏阔的学术视野，本真的诗人情怀
　　——王润华教授与比较文学〉，《中国比较文学》，2001 年第 2 期，页 137-145。

联的事实。这种相互影响、相互关联的事实，不仅表现在文学的思想内容、艺术形式和创作方法等各个方面，而且也表现在与文学相关的更为广阔的文化背景的各个层次。（孙景尧，1988，页218）在研究鲁迅、老舍和沈从文的文艺思想和创作方法时，王润华教授经常采用这一方法。在鲁迅研究方面，他早在一九七六年就发表了《西洋文学对中国第一篇短篇白话小说的影响》，（王润华，1976）详尽地考察了西洋文学作品——迦尔洵的《红花》，果戈理的《狂人日记》以及尼采的《查拉图斯特如是说》——对鲁迅的《狂人日记》的影响。他"不但追究每种形式、风格、内容、主题思想，甚至每个意象、场景等等的来源出处，同时密切注意一切外来影响的东西，哪一部分被吸收？哪一部分被排斥掉？作者为什么原因和怎样选择与吸收，并将之溶化在自己的作品里？"（王润华，1992，页90-91）在《鲁迅与象征主义》、《从口号到象征：鲁迅〈长明灯〉新论》等论文中，王润华教授认为，要了解鲁迅文学思想与创作中象征主义的重要性，仅从学者的解释上认识是不够的，重要的是要根据鲁迅自己对象征主义的理解与看法，去分析并找出答案。他列举了大量散见于各个时期鲁迅对象征主义的认识和评论，并探讨了厨川白村、安特列夫、迦尔洵等对鲁迅的影响，认为"鲁迅的小说，正象安特列夫的创作，象征主义与写实主义相调和，'消融了内面世界与外面表现之差，现出灵肉一致的境地'"（王润华，1992，页230）。

例二：王润华教授还有不少论文是采用平行研究的方法来考证中西文学关系的。所谓平行研究，"普遍是研究不同国家的毫无关连的作家与作品之风格，结构，情调，主题思想，艺术表现手法之相似点。"（孙景尧，1988，页57）如《圆规和水井》一文，乍看起来，让人匪夷所思，但读完全文之后，你定会为王润华教授高妙的联想所折服。在文中，他是这样点题的：

> 本文要分析的"圆规"，是英国十七世纪玄学派诗人（Metaphysical poet）邓约翰（John Donne，1572-1631）诗中的一个意象。圆规是研究数理工等学科的重要工具，水井是古代日常生活分不开的一部分。圆规与水井的关系，正如邓约翰与贾岛，从表面看来，根本没有什么关系存在。邓约翰活在十七世纪的英国，贾岛是九世纪的中国诗人，他们国家的文学传统既没有血缘关系，两个诗人间也绝无直接影响。但是，正如圆规和水井都包含着圆的形象，它们本身代表文学中恒常不变的一种共享且类似的比喻手法，在不同语族内，当人类用语文刻意经营文学作品时，时常会运用到它。本文的目的是通过比较两首具有玄学诗派之曲喻诗，分析中西诗的一种类似的比喻手法。（王润华，1987）

邓约翰以圆规入诗，寄寓爱情之圆满；贾岛以水井入诗，喻为灵感之源泉。圆规和水井这两个外在形象毫无干系的事物，却被诗人以同样的手法借用为媒介来传达其内心的经验和感受！如此"异曲同工"之妙，若非王润华教授慧眼识得且妙手玉成，恐仍在中西诗海，淹没沉沦，不为人知。

虽然有王润华教授的大力推介，但近些年来，比较文学在新加坡仍属冷门。目前，新加坡国立大学和南洋理工大学中文系并没有开设专门的"比较文学"的课程。值得庆幸的是，本地私立的新跃大学中文系，十多年前就开设了比较文学的课程，而且比较文学一直以来都是比较受学生欢迎的课程之一。至于学术研究方面，比较文学的研究方法一直也是本地学者进行文学研究的常用方法之一。

## 三　比较文学与新加坡的华文教学

在中国大陆，比较文学的理论和方法已经引起教育部和教育工作者的高度重视。一九九八年中国国务院学位办公室和原国家教委将比较文学列为中国语言文学类的二级学科（与外国文学合并而成一个新型专业），比较文学课程也是教育部新颁布的师范本科中文专业必修的主干课程之一。比较文学的教学已经推广并深入至全国所有的师范类高等学府，也是一些顶尖大学，如北大、清华、复旦、南大的重点课程。这些高等学府培养出来的学生，不少毕业后成为中、小学的华文教师，他们把在大学课堂学到的比较文学的理论和方法应用到他们实际的教学过程中，已经取得了可喜的教学成效。也有不少学者和一线教师对如何在比较文学的视域中观照中、小学的中文教学提出了自己的看法。

刘蜀贝在《比较文学：语文教学应有的开放视野》一文中指出，"比较文学作为研究文学的一种理念和方法，在中学语文教学中的普及和应用，对当前的语文教学改革有着非常积极的影响"。（刘蜀贝，2003，页 33）具体到教学实践，他认为：

> 在语文教学中引进比较文学的方法不仅使学生能从世界文学的总体了解不同民族的文学成就，也能增进和加强对文学作品的理解。经过对不同民族的文学作品的比较，认识其异中之同，辨别其同中之异，以把握文学创作的共同规律和不同民族作家的创作个性，从而加深对作品的理解，培养学生良好的思维习惯和学习品质。
>
> （刘蜀贝，2003，页 33）

南京大学中文系郭桂录教授认为比较文学冲决了曾经是人为的界限，能使学生"在多元的文化语境中重新认识自己，为自己提供一种认识自身的他者眼光。它能启发我们在阅读和分析作品时，要具有世界文学和世界文化的宏阔视野，不断尝试更换一种角度理解作品，才能有新的发现、新的启示。这对于打破既有的思维框框和认识局限，扩大学生的知识视野与信息容量，更新知识结构，培养一种触类旁通的辩证比较思维能力，都有很大的现实意义"。（葛桂录，2001，页33）

郭教授认为，可从以下四个方面考虑在中学语文教学中引入比较文学的观念：

首先，将比较文学引进中学语文教材；
其次，通过课外阅读指导，引导学生学会用比较文学的观点与视野去看中外文学名著；
再次，举办专题讲座介绍比较文学知识；
最后，结合课堂教学引入比较文学。

这四点当中，他认为最后一点，在课堂教学中引入比较文学是最为重要的，并针对如何在课堂上引进比较文学观念的作用及意义提出了自己的五点看法：

第一，拓宽知识视野，了解域外文化和文学。
第二，用别人的眼光审察自己，知晓文化差异。
第三，体会艺术技法，感受作品魅力。

第四，认识和理解作家作品创作的外来因素。

第五，反思传统看法，探析作品真意。

（葛桂录，2001，页 33-36）

上述学者的意见，对我们如何在新加坡的华文教学中引入比较文学理论和方法，具有一定的借鉴意义。新加坡的华文教学环境同中国不同，比较文学的理论和方法我觉得至少可从如下层面予以考虑：

第一、我们的大学的中文系，特别是国立教育学院的中文系，应该考虑开设比较文学课程，供学生，特别是那些有志于成为华文教师的学生们选读。比较文学的观点和研究方法，对学生在大学期间的论文写作，以及大学毕业后从事华文教学都颇多帮助。

第二、教育部可以考虑将比较文学列为在职华文老师的培训的文学素养课程，由新加坡华文教研中心负责提供授课。该课程旨在为老师们介绍比较文学的最新理论和方法，以及在华文教学方面的最新进展，并指导老师在自己的华文教学中用比较文学的方法进行文学教学。

第三、可以考虑在中学和初级学院的华文文学课程中融入比较文学的理论和方法，指导学生在比较文学的视域中，了解本地文学、中国文学和世界文学。

第四、可以考虑将比较文学的理论和方法融入双文化课程。比较文学可以培养学生以多元的文化视角去认识不同民族和不同文化背景下的世界各国文学，这同新加坡双文化课程的培养目标是一致的。

## 四 比较文学与新加坡华文教学举隅——以鲁迅的《药》为例

鲁迅及其作品一直是本地大学中文系课程（尤其是中国现代文学课程）的学习重点。我在南大中文系担任中国现代文学课程的兼职讲师，课程的重点之一就是引导学生阅读鲁迅的同"疯人"相关的小说，如《狂人日记》、《长明灯》、《白光》等，其中也包括《药》，因为革命者夏瑜也是愚昧看客们眼中的"疯子"。这时候，比较文学的理论和方法就能派上大用场。除了教材上常规的文学主题、风格和人物形象的分析，我试图引导学生去思考这样一个问题，作为新文学的第一位也是最重要的小说家，为什么鲁迅的小说风格可以如此独异？为什么他的创作手法与中国传统小说传统大异其趣？这时候，我就指导学生把目光投向鲁迅所受到的外国的作家的影响，特别是他喜欢的俄国作家，如果戈理、安特莱夫等。然后，要求学生去阅读果戈理的同名小说《狂人日记》、迦尔洵的《红花》等；比照阅读后，让学生列出鲁迅的《狂人日记》同上述小说之间的异同，进而分析鲁迅在哪些借鉴了果戈理和迦尔洵，又在哪些方面超越了他们？最后，推荐学生阅读几篇关于鲁迅和俄国文学的学术论文，这样，学生们不仅阅读兴趣增强了，思想更活跃了，而且不知不觉中，视野开阔了，对鲁迅的《狂人日记》的理解也深刻了。

用比较文学的方法来研究鲁迅的作品，由来已久，从最早的上世纪二十年代赵景深的影响研究的论文《鲁迅与柴霍夫》算起（注：柴霍夫，现译为契诃夫），迄今已近百年，相关专著和论文已经是汗牛充栋。很早就有学者注意到俄苏文学文学对鲁迅创作的影响，之后，鲁迅同日本文学、德国文学、英国文学、东欧各国文学之间的文学关联的学术论述也不断出现，对鲁迅的比较文学研究也蔚为大观。

鲁迅的《药》是大学中文系常选的阅读篇目，也是新加坡初级学院的华文文学课程的必读的短篇小说。我这里就以《药》为例，看我们如何采用比较文学的影响研究的方法来进行教学。

让我们先看一看目前新加坡初级学院的老师通常的教法。我手头有一本由玲子传媒出版的《现代短篇小说·新诗赏析》，（南洋初级学院编，2006）里面收录了 H2 华文与文学课程的三个短篇小说（鲁迅的《药》、王蒙的《最宝贵的》和王文兴的《命运的迹线》）和三首现代诗（徐志摩的〈再别康桥〉、郑愁予的〈错误〉和淡莹的〈海魂〉）的赏析内容。这本书，被很多担任 H2 华文与文学课程教学的老师作为主要的教学参考资料。关于《药》的基本教学内容，此书指出了以下教学重点：

（一）作家简介

（二）写作背景

（三）内容概要

（四）思想内容

　　1. 揭示群众的愚昧与麻木

　　2. 作者要找出疗救愚昧和麻木的"药"

　　3. 反映因群众的愚昧而带来的革命者的悲哀

　　4. 赞扬夏瑜的革命精神

　　5. 揭露封建统治者的残酷

　　6. 反映辛苦革命脱离群众

　　7. 表现革命运动尚存希望

　　8. 表现亲子之爱

（五）艺术特色

　　1. 双重悲剧、双线结构、主从线索

　　2. 正面与侧面描写

　　3. 新颖、含蓄的悬疑笔法

　　4. 情景交融的气氛描写

　　5. 人物塑造具有典型性

6. 利用场景制造喜剧效果

7. 象征手法的运用

8. 比喻手法的运用

9. 白描手法的运用

10. 对比手法的运用

11. 反讽手法的运用

12. 第三人称次知叙事观点的运用

（六）人物形象

华老栓

1. 自食其力，贫穷安分

2. 胆小怕事

3. 迷信、愚昧与麻木

4. 对儿子无微不至


夏瑜

1. 身分影射

2. 坚贞不屈

3. 悲剧英雄


康大叔

1. 凶狠野蛮，冷酷残暴

2. 狂妄自大

从传统的文学教学模式和文学分析手段来看，这是一份非常详备的教学资料，老师教学和学生的备考都可从中受益。但是，如果所有的文学作品都是这样的"套餐模式"，学生"吃"的次数多了，就不免会有些厌烦。这样的教学内容太过局限于《药》的文本，不仅学生的阅读范围局促，而且限制了学生的思维视界，容易让学生形成小说赏析的定式和惰性，造成思维方式上的墨守陈规，使学生少有开放性的视野和发散性的思考，也很少有可能有读出小说的新意来。

而比较文学的教学方法正好能补救这一弊端。《药》这篇小说可以采用比较文学的很多种方法进行解读。限于篇幅，我这里仅从影响研究的层面，谈几点教学思路。

## （一）关于影响研究

比较文学所说的"影响"，指一个民族文学的演变中，或者一个作家、一部作品中所显示出来的外来因素，这种因素是从本民族的传统和作家本人发展的过去中无法作出解释的；这些外来的因素经过吸收、消化，已经渗透到民族文学中，参与了艺术创造和民族文学发展的过程，并成为它的一个有机的组成部分。简言之，影响研究就是用充分可靠的"事实关联"来证明各国或各民族之间文学间的相互影响，来探讨文学的规律，获取文学交流中可资借鉴的经验或教训。影响研究虽然主要研究那些经过吸收、消化，与自己的作品水乳交融的外来影响，但它并不排斥那些有意的模仿和借鉴，也不排斥那些痕迹比较明显的影响。

从研究的步骤看，影响研究大体上包括以下四个阶段：

1. 提出影响的存在

2. 材料的搜集和考证

3. 对假设的证明

4. 影响的深入研究[3]

关于鲁迅的短篇小说《药》，已经有不少学者从影响研究的层面探讨了俄苏作家，如果戈理、契诃夫、屠格涅夫、安特莱夫等对鲁迅的影响。老师可以选取一、两篇有代表性的学术论文，让学生阅读，并体会影响研究的方法和步骤。

### （二）从译介学的角度看

译介学是以跨民族、跨语言、跨文化和跨学科为比较视域而展开的一支文学翻译互动的研究。其学理基础是"国别文学"与国际文学交流的存在，主要研究译家译作与国别文学发展之间的互动关系，也研究译作对输入国文学技巧文学的影响（杨乃乔，2005，页300）。

鲁迅在创作《药》之前，自己翻译了俄国作家安特莱夫的小说《谩》和《默》。

---

3  关于影响研究的定义和步骤，详见陈惇、刘象愚：《比较文学》（北京：北京师范大学出版社，2011 年），页 47-57。

《默》的故事梗概是：牧师伊革那支性情粗暴，女儿威罗被牧师训斥后，闷闷不乐，选择了卧轨自杀。女儿死后，老伴悲怨不已，僵卧床榻，昏睡不醒，最终也凄然离世。整个故事写得阴森凄凉，特别是女儿死后，伊革那支夜访坟场的那一节，恐怖阴冷，让人毛骨悚然。

可以让学生阅读鲁迅翻译的《谩》和《默》，并让他们思考，作为翻译者，鲁迅为什么要选择安特莱夫的作品来进行翻译？鲁迅的翻译活动会影响他的创作吗？比较《药》和《默》在语言和氛围上的相似，寻找《默》对《药》的影响的痕迹，并结合鲁迅生活的时代和鲁迅个人的思想深度检视《药》对《默》的超越。

### （三）从作家影响的角度看

除了安特莱夫的《默》对鲁迅的《药》的创作有明显的影响之外，安特莱夫的另一篇小说《齿痛》也对《药》的主题产生了很大的影响。《齿痛》描写的是耶稣在各各他被钉上十字架的那一天，各各他附近有个商人患着齿痛。他也和《药》里的华老栓一样，只关注自己的齿痛，而对耶稣的死毫不理解，并表现出极度的冷漠。

此外，还可以指导学生探讨屠格涅夫的《做脏活的工人和白手的人》对《药》的创作带来的影响。《做脏活的工人和白手的人》叙述的是一个白手的人，尽管他已经可以过着优裕的生活，但他决定放弃自己的安逸生活，加入了十二月党，从此投身革命，为改变穷苦百姓的命运而奋斗。就是这样的一位革命者，后来被捕入狱了，并被处绞刑。可悲的是，穷苦的百姓，如小说中的做脏活的工人，并不理解白手人的革命理想，对他的死是漠然和麻木，甚至还策划着要得到绞死白手人的那根绞索，因为他们相信那根绞索能给他们带来好运。

让学生比照阅读鲁迅的《药》、安特莱夫的《默》和屠格涅夫的《做脏活的工人和白手的人》，思考鲁迅的《药》在小说主题上受到了哪些影响？而鲁迅又如何能结合中国现代社会的特殊语境和秋瑾女士之死，创作了这篇具有深刻思想性和高度艺术性的《药》？

## （四）从接受学的角度看

比较文学的接受学主要研究一个国家的作家作品如何被外国读者接受，以及接受过程中出现的变异。（曹顺庆，2006，页 137）

从接受学的角度，我们可以让学生在阅读的基础上思考安特莱夫的《默》和《齿痛》，屠格涅夫的《做脏活的工人和白手的人》与五四时期的中国文化气候和文学思潮是否存在某种关联？具体到鲁迅，他接受了这些小说中哪些要素？又扬弃了这些小说中的什么？为什么会出现这样的接受情形？

## （五）还可以从宗教对文学的影响层面，探讨《圣经》对鲁迅创作《药》的影响。

宗教对文学的影响，属于比较文学的跨学科研究的范畴。在文学产生和发展的过程中，宗教曾经起过重要作用；宗教会对作家的世界观发生影响，进而影响到文学作品的思想内容，有些重要的宗教经典，如《圣经》，本身就是，或者取自文学作品。（陈惇、刘象愚，2002，页274-275）鲁迅对东西方的宗教都有较深入的研究，他一生购买的同宗教相关的书籍多达四百多册。上文提及《齿痛》对《药》的影响；其实，从《圣经》中关于耶稣被害的情节看，《药》也有很多的暗合。这里简要罗列如下：

1. 耶稣是被自己的门徒出卖的，犹大得银三十两；夏瑜的被害是因为自己的族人夏三爷向官府告密，夏三爷得银二十五两；

2. 耶稣被捕后，遭狱卒百般凌辱，受掴脸之耻，死后，刽子手们还分抢了他的衣服；夏瑜在狱中，也受侮辱，被红眼睛阿义打了耳光，死后，衣服也被剥光。

3. 愚昧麻木的犹大庸众戏弄耶稣，称他是"世界的王"，实际表达的意思却是：耶稣是一个十足的疯子！面对这群愚昧而残忍的庸众，耶稣心里有的只是悲悯。他发声道："父啊，赦免他们！因为他们所做的，他们不晓得。"而那群庸众根本就不懂耶稣的话意；夏瑜向愚昧的庸众宣传说"大清天下是我们大家的"，结果，庸众们众口一词，认为夏瑜是疯了。阿义打了他耳光，夏瑜却对他说"可怜可怜"，同样，晚清的这群愚昧麻木的庸众根本就不懂夏瑜的"可怜"的含义。

4. 耶稣遇难时和遇难后，他的母亲玛丽亚也对耶稣毫不理解，有抬不起头来的羞愧；夏瑜生前的革命活动，也得不到他的母亲夏四奶奶的理解，夏瑜死后，甚至在坟场上，夏四奶奶看见旁人，"惨白的脸上，现出些羞愧的颜色"。

5. 甚至最终墓地里的场景，耶稣的墓穴里出现的裹尸的细麻布和裹头巾，也和夏瑜坟头上的红白花圈一样，具有给人希望的象征意蕴。[4]

可以让学生阅读《圣经》中的相关章节，然后思考《药》里的情节为什么同《圣经》中的表述有如此惊人的相似？结合耶稣的受难与复活，让学生重新认识《药》的思想主题。

如果我们采用上述的比较文学的方法来进行教学，学生对鲁迅的《药》的风格和技巧的掌握无疑会更为全面，对其

---

4　这些例子详见王学富：〈"精神界之战士"的象征——论鲁迅对耶稣的理性观照〉，《鲁迅研究月刊》1994 年 7 月，页 16-22。

主题的认识也无疑会更为深刻。比较文学的方法不仅扩大了学生们的阅读范围，而且拓展了他们的知识视野，培养了他们的国际眼光和全球视域，从而能够在世界文学的范围内考察鲁迅的文学创作的师承与创新，把握鲁迅文学主题的普遍与深刻。这种自由的思考和开放的意识，是传统的文学教学方式所不能企及的。

# 五　结语

比较文学并不是一门新的学科，新加坡早在上世纪七〇年代就有学者极力译介比较文学的原理和方法，并努力在大学讲堂上传播比较文学的理论。然而，要掌握比较文学的原理和方法，并将它们应用到新加坡的华文文学的教学中去，亦非易事，因为比较文学要求学习者至少具备双语的能力，要求学习者对一国以上的文学有深入的研究，还要求学习者善于发现问题，敏于思考，且善于解决问题。

虽然比较文学有一定的难度，但是，因为它特有的开放的视野和比较的意识，的确能帮助选修华文和文学课程和双文化课程的学生们有效地阅读，多元地思考，从而提升学生从不同文化场域进行文学欣赏和理性思考的能力。

如何将比较文学的理论和方法应用到具体的华文文学教学中去，这也是摆在所有华文教师面前的一个值得深思的问题。从人才培养和师资培训的角度，我们期待本地的大学能开设更多的比较文学的课程，也希望本地的华文师资培训课程涵括比较文学的理论和教学实践的课程，当然，如果在我们的校本教材的编写中，能够将比较文学的方法和视野融入其中，那就更能帮助学生了解比较文学观点和方法，并能运用这些方法，以全新的方式和全球的视野去看待中国的文学，新加坡的文学，以及世界的文学，从而读出文学作品的深意和新意。

# 参考文献

## 一　书籍

北京大学比较文学研究所　《中国比较文学年鉴》　北京　北京大学出版社　1987 年

曹顺庆主编　《比较文学教程》　北京　高等教育出版社　2006 年

陈惇、刘象愚主编　《比较文学》　北京　北京师范大学出版社　2001 年

陈惇、刘象愚　《比较文学概论》　北京　北京师范大学出版社　2002 年

南洋初级学院编　《现代短篇小说·新诗赏析》　新加坡玲子传媒　2006 年

孙景尧　《简明比较文学》　北京　中国青年出版社　1988 年

王润华　《比较文学理论集》　台北　国家出版社　1979 年

王润华　《中西文学关系研究》　台北　东大图书　1987 年再版　1987 年

王润华　《鲁迅小说新论》　台北　东大图书　1992 年

杨乃乔　《比较文学概论》　北京　北京大学出版社　2005 年

## 二 期刊论文

葛桂录　〈比较文学观念与中学语文教学〉　《天津师范大学学报》　基础教育版　2001 年 9 月　页 33-36

李春林　〈比较文学方法解读鲁迅的回顾与反思〉　《鲁迅研究月刊》　1999 年 9 月　页 25-32。

刘蜀贝　〈比较文学：语文教学应有的开放视野〉　《人民教育》　2003 年第 10 期　页 33-34

陆伟华　〈谈语文教学中比较文学的引入〉　《中学语文教学参考》　1999 年 6 月　页 16

南治国　〈宏阔的学术视野，本真的诗人情怀——王润华教授与比较文学〉　《中国比较文学》　2001 年第 2 期　页 137-145

王润华　〈西洋文学对中国第一篇短篇白话小说的影响〉　《南北极》　1976 年 11 月　页 78-93

王学富　〈"精神界之战士"的象征〉　《鲁迅研究月刊》　1994 年 7 月　页 16-22

# 作者简介

**钟韵宜**，北京大学汉语言文学系荣誉学士、新加坡国立大学中文系硕士。曾获刘佩金双语书籍奖、新加坡公共服务奖学金、新加坡国立大学学术研究奖学金。二〇一一年获颁新加坡教育部博士学位研究奖学金。曾任南洋理工大学国立教育学院亚洲语言文化学部讲师、新加坡华文教研中心项目专员，现为教育工作者。也是新加坡作家协会秘书与大士文艺促进会副秘书。主要专长领域为当代文学、汉语教学与测试及汉英对比与翻译。

**李敏博士**，河南大学学士、硕士，二〇〇八年在新加坡国立大学中文系进修一年，华中科技大学博士。现为新加坡教研中心讲师。曾获二〇〇八年度华中科技大学优秀论文奖。主要专长领域为中学文学赏析与教学、汉语作为第二语言教学法、中国现当代文学、阅读和华文阅读教学。自二〇一〇年开始，负责教育部"分级阅读"项目的研发。

**张慧梅博士**，中国中山大学历史系学士，中国中山大学计算机科学与应用专业证书，新加坡国立大学中文系博士。现为新加坡华文教研中心出版社主编。曾任职出版公司编辑及担任新加坡国立大学中文系助教。主要研究领域为新马华教史、东南亚及中、港、台华文教育比较研究、海外华人史。

**潘丽珠教授**，国立台湾师范大学国文系学士、研究所硕士、文学博士。现任台湾师范大学国文学系教授、教育部国民中小学九年一贯课程推动工作课程与教学辅导组语文学习领域国文组辅导教授。曾任台湾师范大学人文教育研究中心主任、国立编译馆九年一贯第三阶段国文领域教科用书审查委员。曾受邀担任新加坡华文教研中心客座教授。学术专长为古典诗学、现代诗及散文教学、文艺美学、戏曲、文学批评、国语文教材教法、中国文学史、诗歌吟诵等。

**刘渼博士**，台湾师范大学国文研究所博士。现为新加坡华文教研中心高级讲师。曾任台湾师范大学国文研究所教授、美国旧金山中美国际学校课程与教学发展主任、美国大学理事会 AP®阅卷委员、阅卷组组长。曾受邀担任台湾教育部及新加坡教育部的顾问。主要研学术域为课程与教学设计、语言评估/测验及数位学习、行动学习、网路研究与教学。

**周小玉博士**，英国伦敦大学歌德史密斯学院戏剧系教育剧场硕士、英国华威大学教育学院戏剧与剧场教育博士。现任新加坡华文教研中心讲师。曾任新加坡国立教育学院视觉与表演艺术系助理教授及台湾辅英科技大学幼保系讲师。主要学术领域为戏剧教育、教育剧场、儿童戏剧、幼儿戏剧、创意教学、活动设计、教师教学引导发问技巧、二语学习等。

**邱佳琪**，南洋理工大学中文系荣誉学士学位、香港大学中文系硕士学位。现任新加坡华文教研中心副研究员。曾任香港大学中文系本科生导师。主要研究领域为阅读与文本分析、写作与思考、文学与文化。曾获香港大学研究生奖学金、李光耀金牌奖、南洋理工大学南洋奖学金，获颁新加坡大专文学奖优异奖（小说、文学赏析）。

**南治国博士**，新加坡国立大学文学博士。曾任义安理工学院中文系主任、新加坡华文教研中心讲师，现任新加坡南洋理工大学中文系兼职讲师，主要从事中国现代文学、新马华文文学、翻译理论和实践的教学与研究。合著有《郑振铎传》，合译有《爆醒噩梦的第一声号角》、《TOP 双薪阶层》、《旅行的艺术》、《身份的焦虑》等，论文散见于中国大陆的《北京大学学报》、《中国翻译》、《鲁迅研究月刊》、《中国比较文学》、《华文文学》，香港的《香港文学》，新加坡的《亚洲文化》、《新华文学》和马来西亚的《人文杂志》等刊物。

# 主编简介

## 陈志锐 [新加坡]

陈志锐，国立台湾师范大学国文系学士、英国莱斯特大学商业管理硕士、新加坡国大英国文学硕士及剑桥大学汉学博士。现为南洋理工大学助理教授、新加坡华文教研中心副院长。其主要研究领域为华语文教学、现当代文学、文学教学法等。

陈志锐曾任国立教育学院中文系讲师、高中语文特选课程导师。曾获新加坡杰出青年奖、国家青年艺术家奖、模范华文教师奖、新加坡国家金笔奖、全国青年短篇小说、散文征文奖、台湾师大人文学术奖、赵廷箴奖学金等。其撰写并主编的华文创作、中英文学术论著共二十种，近年创作有《陈志锐散文卷》（新加坡青年书局，2009）、《剑桥诗学》（光触媒，2010）、《原始笔记》（玲子，2012）；学术论著包括《出人意料，入义艺中——陈志锐文学艺术评论集》（八方文化，2009）、*A Delicate Touch-Essays on Chinese Influences and Chinese Genres*（McGraw-Hill Education, 2010）、《新加坡华文及文学教学：教与学之间的新磨合》（浙江大学，2011）；主编《报纸要你好看：读报教育教学手册 1-3》（2009）、《行动与反思：华文作为第二语言之教与学》（南京大学，2011）等。

联系：cheelay.tan@sccl.sg

国家图书馆出版品预行编目(CIP)资料

现代文学及其教学 / 陈志锐主编. -- 初版. –

台北市：万卷楼, 2013.02

面； 公分. -- (华文教学丛书)

简体字版

ISBN 978-957-739-790-4（平装）

1.海外华文文学 2.语文教学

　　　850.9　　　　　102000682

# 现代文学及其教学

2013 年 3 月 初版 平装

ISBN　978-957-739-790-4

定价：新台币 320 元

| | | |
|---|---|---|
| 主　　编 | 陈志锐 | |
| 发 行 人 | 陈满铭 | |
| 总 编 辑 | 陈满铭 | |
| 副总编辑 | 张晏瑞 | |
| 编　　辑 | 吴家嘉 | |
| 编　　辑 | 游依玲 | |
| 封面设计 | 斐类设计 | |

出 版 者　万卷楼图书股份有限公司

编辑部地址　106 台北市罗斯福路二段 41 号 9 楼之 4

电话　02-23216565

传真　02-23218698

电邮　editor@wanjuan.com.tw

发行所地址　106 台北市罗斯福路二段 41 号 6 楼之 3

电话　02-23216565

传真　02-23944113

印 刷 者　百通印刷事业股份有限公司

新闻局出版事业登记证局版台业字第 5655 号

网 络 书 店　www.wanjuan.com.tw

划 拨 账 号　15624015